KB099095

멸치, 고래를 꿈꾸다

지혜사랑 285

멸치, 고래를 꿈꾸다

박용숙 외

지혜

| 애지문학회 제18집 |

『멸치, 고래를 꿈꾸다』를 펴내면서

천리 길도 한 걸음부터이고, 늦었다고 생각될 때가 가장 좋은 때일 수도 있다. 지혜를 사랑하면 전인류의 스승이 되고, 전인류의 스승이 되면 모든 불가능을 대청소할 수도 있다.

삼천리 금수강산을 지상낙원으로 만들 수도 있고, 해마다 노벨상을 수상하고 전인류의 스승을 배출해낼 수도 있다. 자유로운 신분 이동과 누구나 부자로 만들 수도 있고, 미군을 철수시키고 남북통일을 이룩해낼 수도 있다.

지혜사랑—, 너무나도 소중하고 간절해서 눈물이 난다. 시는 지혜사랑이고, 시는 모든 학문과 역사의 주조음이 되고, 영원히 마르지 않는 샘물과도 같다.

애지문학회 제18집 『멸치, 고래를 꿈꾸다』—. 2024년 47명의 주옥같은 시들로 우리 한국어와 우리 한국인들의 꿈과 소망을 담아 보았다.

기적은 없다. 아니, 기적처럼 손쉬운 것도 없다.

2024년, '푸른 청룡의 해' 봄날에…

차례

1부

2부

3부

4부

• 일러두기

페이지의 첫줄이 연과 연 사이의 띄어쓰기 줄에 해당할 경우 >로 표시합니다.

1부

검지가 없다 외 1편

인묵 김 형 식

검지에는 뿌리가 있다
뿌리는 일제강점기에서 해방으로
다시 미 군정으로 제주 4·3 사건으로
여순 반란 사건**으로 뻗어 내렸다

좌와 우
밤과 낮을 가르는

손가락질 하나로
무고한 수많은 양민이 죽었다

손가락질 하나로

생때같은 두 손자를
졸지에 잃은 할아버지는

검지가 없다

* **가려 놓은 시작노트**

追慕碑文으로 쓴 詩임.

** **여순반란사건**

1948년에 전남 여수에 주둔하던 국군 제14연대 군인들이 제주 4·3 사건 진압 명령을 거부하며 일으킨 사건이다. 이승만 정부는 1948년 10월에 여수에 주둔하고 있던 국군 제14연대에 제주 4·3 사건 진압을 명했으나 이들은 친일파 처벌과 남북 통일 등을 주장하며 들고일어나 여수와 순천을 장악한 뒤, 주변 지역으로 세력을 확대했다.

8·15 광복 이후 좌익과 우익이 대립하는 어지러운 정치 상황에서 많은 사람들이 죽거나 다친 비극적인 사건이었다. 이들은 여수와 순천 지역을 장악한 뒤 이승만 정부의 부당한 명령에 대항했지만 며칠만에 진압되었다.

1948년 4월 3일 제주도에서는 남한만의 단독 정부 수립에 반대하는 민중 봉기가 일어났다. 정부는 여수와 순천 일대에 계엄령을 선포하고, 미군사 고문단의 협조 아래 반란군을 진압했다. 이 과정에서 반란군은 물론이고 많은 민간인이 무고한 양민 1만 4천여 명이 죽었다. 반란군 중 일부는 지리산에 들어가 빨치산이 되어 저항하기도 했다.

이후 이승만 정부는 군부대 안에서 좌익계 군인들을 처벌하면서 광복군 출신의 군인은 물론이고 이승만 정부에 비판적인 군인들까지 함께 처단했다.

*** **고흥 봉덕리 (삼불리) 여순 사건 희생자 명단**

一. 희생자 명단 〈8인〉

〈기일: 음력 10월 20 일〉

1. 김성택 (김호길 친형)
2. 김양수 (김진용 부친)
3. 오인택 (오기택 친형)
4. 김영채 (김봉채 친형)
5. 유기순(유종표 친형)
6. 유기만 (유종표 친형)
7. 김창석 (김창문 친형)
8. 오문택 (오상록 부친)

부처님 오신 날

새벽 찬물에
얼굴을 씻고 나니

들리는 것은
모두가 부처님 법문이다

새 소리
바람 소리
개울 물 소리 건너

보니
부처 아닌 게 없다

오늘
오늘이라는 이 하루

어제도
내일도 오늘

부처님 오시는 날

나 무 아 미 타 불

나 무 아 미 타 불

아 미 타 불

— 시집 『질문』에서

김형식 한국문인협회 제도개선위원. 국제펜클럽 회원. 매헌 윤봉길사업회 지도위원. 고흥문학회 초대회장. 불교아동문학회 부회장. 시서울 자문위원장 및 선정위원장. 보리피리 편집주간. 한강문학 편집위원. 대지문학 심사위원. 송파문학 시분과 위원장. 한국 청소년 문학대상. (사)한국창작문학 대상. 시서울 제2회 문학대상. 시집『그림자 하늘을 품다』,『오계의 대화』,『광화문 솟대』,『글, 그 씨앗의 노래』,『인두금의 소리』,『성탄절에 108배』,『질문』. 이메일 hyeongsik2606@daum.net

그러니까 맨드라미 외 1편

이 원 형

닭은 죽어
꽃이 될 수 있다
그러니까 맨드라미는 닭의 후생

새벽의 모가지를 비트는 아버지
눈치 빠른 어머니는 양은솥에 불을 지핀다
닭의 돌연사를 말한 셈이다

닭은 벼슬도 버리고 뼈만 남겼다
포식자의 손을 떠난 뼈다귀는 휙휙
공중제비를 돌았다
살을 버린 뼈들은 담벼락 아래로 꾸역꾸역
훗날을 도모한다
그러니까 담은 닭의 후일담

그 여름
당신들이 벌인 짓을 꿰고 있다는 듯
목청껏 닭벼슬 곧추 세우는 닭의 후생
입 다물고 서 있는 담을 방패막이 삼아
목청껏 붉은 비명을 토해내는
닭의 환생

>

일가는 새벽의 고요를 얻었고
닮은 몸 바쳐 저 닮은 꽃을 남겼다

무색해집니다

탈색은 색의 해탈입니까
이름이 있으나 이름을 버린
무명 씨처럼
색이 색을 버리면 무색해집니까

회색분자 빨갱이
이런 험상궂은 말은
색깔을 고집해서 생긴 색깔론입니다
변색은 색의 변절입니까
탈색과 변색 사이에 낀 반색은
색의 중도층입니까
무채색이란 말조차 무색하여
색을 버리기로 합니다

탈탈 털어 먼지 안 나는 색은 없습니다
색을 압수수색 합니다
탈탈 털리고나면
유일하게 남는 탈색입니다

이원형 2021년『애지』등단. 시집『이별하는 중입니다』.

마음과 영혼 사이 외 1편

정 동 재

뿌리가 가지와 잎에 젖줄이 되어주더니 열매가 열렸다
열매와 잎새가 송충이를 키우고 새를 키웠다
닭과 토끼와 들개 무리와 사슴과 멧돼지가 호랑이를 길러냈다

호랑이 멧돼지 사슴 들개 닭과 송충이
열매와 잎새와 뿌리와 흙과 밤낮
한 컷 한 컷 이어붙이자 대자연의 마음을 연출할 수 있었다

대자연이라 불리기도 하고 비로나자불이라 불리기도 하고 야훼라 불리기도 하는 마음
오늘의 시론은 마음

따라 하세요
오늘 내 마음은 호수 아닙니다

내 마음은 우주요
우주는 내 마음입니다

그러하므로
언젠가 다가올 여러분의 미래는 이미 각자의 희망이며 빛이며 완성된 영혼입니다

>

오늘만큼은
마음을 우주만큼
저 대자연처럼 마음 씀 써보기입니다

기사님께 따뜻한 말 한 마디 건네 보세요
퇴근길에
눈도 오시는데 군고구마 장사 보이면 한 봉지 품에 품어 보세요

반짝반짝 빛나는 우리의 영혼은
호호 불며 군고구마 먹는 얼굴 웃으며 보게 될 것입니다

영혼의 범주

상대성이론 시공간 함수 지표에 과거와 미래가 추가됐다
영혼의 범주다

한 발짝 발을 디뎌보면

복숭아를 따서 당신에게 건네면
따도 따도
복숭아나무가 그 자리에 복숭아를 매단다

보고 있어도 보고 싶은
자고 일어나면
구름 한 점 없는 하늘처럼 깊은 동공의 눈빛인 사람들

천상을 오르고 내리는 일이 자유롭고
운주사 와불처럼 허공에 누워 발장단을 맞추며 콧노래가 가능하다

폭설 후 폭우 곧바로 서리가 내리는 일도 가능하다

기우제 드리는 인디언들에게 비를 내려줄 수도 있겠다
효심 깊은 그대 꿈자리 찾아가 산삼 한 뿌리 길 안내도 가능하다

>

연말, 자선냄비를 굶기지 않는 영혼 맑은 사람들이 꼭꼭 숨어 있다

사람의 전생은 새벽이슬 먹고사는 사슴이 분명하다

정동재 시집『하늘을 만들다』,『살리는 공부』. 이메일 qufdlthsus@naver.com

먼지 외 1편

김 선 옥

이불을 턴다
공중으로 날아오르는 저 먼지들

햇빛 속에 날개가 번득인다

내 몸 일부였던
저울 눈금에도 없는 먼지
내가 저렇게 가벼운 적 있었던가
밤새 떨어진 살꽃잎이 먼지라면,

엄마가 그랬듯이
나도 아이들도 다
엄마의 몸에서 떨어진 한 톨 먼지다

날개를 달고
엄마는 하늘로
자식들은 서울로 부산으로 청주로
날아갔다

가끔씩 모였다 흩어지는 먼지들

이승은 저승을 향해 지우다

한 줌 먼지로 날아갈 몸

먼지는 매일 내려앉으며
날아오르는 법을 배운다

잠을 놓치다

한밤중 방안에서
남편이 오토바이를 탄다

콧속을 가만히 들여다보니
바퀴도 없고 브레이크도 없고
가속장치도 없는데 요란한 소리만 있다

난, 그의 등에 밀착해
최고의 속도를 맛보는 중이다

매달린 내가
소리를 잡았다 풀었다
귓속을 부풀리며 속도를 조절한다

수백 킬로를 돌아온 바퀴가 떨어져 나간 잠

눈꺼풀은 무겁고
팔다리는 허공이고
어둠은 머릿속에서 하얗게 바래는 중이다

간밤, 무슨 일이 있었냐는 듯
남편의 말간 얼굴에

>
잠은 제 안으로 팔다리를 꺾는다

김선옥 경북 문경 출생. 2019년『애지』로 등단. 시집『바람 인형』. 이메일 kso67
89@hanmail.net

머랭* 외 1편

손 경 선

사방이 거품이다
세상을 깨고 나와 지금껏 탐한 적 없는 노른자는 빼내고
변방에서도 변두리로 유랑하는 진득한 흰자만을 고른다
혼돈의 단맛이 있어야 풍성한 거품이 몰려드는 것
설탕을 더하고 거품기를 손에 든다
거품을 일으키는 일도 만만치는 않아서 팔이 떨어지라 휘젓는다
달콤한 유혹을 따라 발버둥쳐 보지만
헛바람만 일으켜 거품만을 일구는 날들
비가 말라버린 구름이 되어 떠돈다
어둠이 내린 벼랑에서 주린 욕망을 따라 걷다가
거품인 줄도 모르고
어깨에 덕지덕지 내려앉은 흰색의 허세
사는 것이 뜻대로 되지는 않지만
비릿한 세상맛에는 식초 한 방울 떨구고
이리저리 치대다 보면 거품도 단단해질 때가 있어
마냥 쓸모없는 존재만은 아니라
배고픈 이의 맘껏 부푼 빵이 되고
배부른 자의 멋진 장식으로 기지개를 켠다

* 달걀흰자에 설탕을 조금씩 넣어가며 세게 저어 거품을 낸 것.

하루

집을 나서 골목의 막막함을 지나는 길
그림자 길게 뒤로 매달리고
비릿한 일터에서 집으로 돌아오는 길
그림자 늘 앞장서 걷는다

어떤 날은 비가 내리고 어떤 날은
바람이 불고 춥고 덥고
지내기에 딱 좋은 날은 드물었다

며칠씩 이어지는 가뭄 장마 한파에도
제자리에 서거나 뒷걸음치지는 않고
조금씩이나마 앞으로 걸었다
그 하루하루에 애간장도 태우고 마른침도 삼키고
웃음 한숨 눈물 거뭇한 가슴 모두 들려 보내고
빈손으로 허투루 지낸 날은 없었다

푹 꺼진 뱃구레에는 이미 된장찌개가 끓어오르고
지친 눈망울에는 저녁별이 제집인 양 드러누울 무렵

하루는 잊어버리기로 하고
지나갔으니 지난 것으로 하고
아직 오지 않은 내일

기다리지 않아도 기어코 올 것을 모른 척하고
때를 기다린다고
두 손 모아 기도를 올린다

손경선 2016년 계간 『시와 정신』 신인상으로 등단. 2015년 제14회 웅진문학상 수상. 시집 『외마디 경전』(2017), 『해거름의 세상은 둥글다』(2020), 『꽃밭 말씀』(2022), 『당신만 몰랐다』(2022). 이메일 sksim-10@hanmail.net

획일성에 대하여 외 1편

임 덕 기

네모난 아파트 공간에서 생활하고
네모난 스마트 폰으로 세상소식을 접하고
네모난 책상 앞에 앉아
네모난 컴퓨터로 세상과 소통한다

똑같은 얘기들이 떠도는 단톡방에서 사연을 읽고
똑같은 포장음식을 사다 식사를 해결하고

유행하는 얼굴 모습으로 성형하고
유행하는 화장과 머리모양을 하고
유행하는 옷을 입고
유행하는 줄인 단어로 암호처럼 말하며

지루하고 단조로움을 퍼트리며 거리를 걸어간다

개성은 바닥에 내동댕이치고
다른 사람 흉내 내는 무뇌형 로봇들이
길거리를 활보하며 걸어간다

소금의 흔적

나물을 무치는데 액젓이 모자라
몇 알의 소금을 떨구며
소금이 필요하지 않은 동물이 없다는 생각과
바다에서 발생한 생명기원을 생각한다

머나먼 기억의 블랙홀 속으로 빠져든다
꼬리에 지느러미가 생겨나
바다정글을 향해 헤엄쳐간다
적막이 감도는 해조 숲을 빠져나오면
붉은 산호초 군락 사이로 거북이가 오르내린다
둥글게 무리지어 제 몸을 숨기는 정어리 떼 곁으로
고래가 느리게 다가간다

어촌에서 태어난 부친은 태생적으로
바다나물과 바다생선, 소금에 절인 대구 알젓
멸치젓으로 무친 짭짤한 톳나물을 즐겨 드셨다
생전에 소금과 돈독한 관계로 지냈는데
입맛을 닮은 나도 소금과 친밀했다

소금에 대한 짜디짠 기억이 휘몰아쳐온다

임덕기 계간『애지』시 등단. 에세이문학 등단. (사)국제펜한국본부 여성작가위원, 이대동창문인회이사, 한국문인협회, (사)한국시인협회, (사)한국여성문학인회 회원. 시집『꼰드랍다』,『봄으로 가는 지도』, 수필집『조각보를 꿈꾸다』,『기우뚱한 나무』(2015년 세종나눔도서 선정),『서로 다른 물빛』(원종린수필문학상),『스며들다』. 이메일 limdk207@hanmail.net

운다 외 1편

김 늘

나는 운다 울음의 시작이 언제인지 모른 채 운다 원래 울면서 깨어났으니 계속 울어야 한다고 생각하며 운다 울음이 담긴 형태 없는 꿈 때문에 운다 꿈의 여운에 복받쳐 들썩이며 운다 꿈의 슬픔을 알 수 없고 내용 없는 위로는 차마 할 수 없어 운다 창밖은 가느스름한 블라인드가 날카로운 실눈으로 빈틈을 들여다보는 도시의 복판 매끄러운 풍경이 낯설어 나는 또 운다 여명에 싸인 도시에서 지난 꿈에 대해 다정하게 물어줄 이 없다는 생각에 운다 울어도 소용없다는 자각으로 운다 명명할 수 없는 이 슬픔은 사라진 어제가 가져간 아름다움에서 비롯되었을 거란 부질없는 상상으로 흐느낌에 가깝게 운다

포로

황갈색 기린이
목이 긴 기린이
눈썹마저 긴 기린이
내 침실의 사랑스런 인형이던 기린이
홋카이도 눈 속에 기다랗게 서 있었지
어둡고 긴 혀를 내밀어 새하얀 눈을 맛보며
우아한 몸짓으로 신비한 기적처럼
겨울의 짧은 햇살 아래 있었지
그 북방의 숲에서
아사히카와 아사히야마에서
담 밖으로 머리를 삐죽 내민 기린은
세상과 불화하는 눈부신 혈통이 그러하듯
텅 빈 눈으로 희끗한 침엽수림을 바라보고는 했지
초원으로 돌아가도 유형지의 눈 맛을 잊을 수 없어
영원히 떠돌게 될 망명자의 운명으로

김늘 2017년 『애지』로 등단. 시집 『롤리팝을 주세요』. 이메일 eskim-1106@daum.net

커튼 외 1편

이 희 은

밤새 죽었다가 꿈틀꿈틀, 아침을 여는 자벌레

주름진 사제복 벗듯 빛에게 자리를 내준다

네모난 풍경이 나타나고 자벌레의 키는 반쯤 줄었다

나뭇잎 냄새 속에서도 오와 열을 맞춘 네모, 네모, 네모들, 저마다 아침 닮은 자벌레 키우고 있을까 제 몸 끝까지 줄였다가 먼 길 떠날 수 있을까

사각사각 햇빛 갉아 먹으며

옆구리에 날개 돋는 듯 한껏 몸을 흔들어 보지만

풍경은 사라지고 자벌레는 서둘러 어둠을 풀어 놓는다

모든 신호 꺼버리고 벽으로 위장한다

첩첩 불빛

그림자 속으로 잠긴 밤도 아니고
눈부신 한낮도 아니죠

까만 공중에 모빌처럼 매달린 불빛에 갇혀

몸무게 잃고 비틀거리는
고장 난 고성능 로봇

멈칫거리는 점멸등 바라보다

고가도로를 달려 나가
어느 이름 없는 해변에 발 담그는 꿈 꾸어요

별빛은 멀리 있어 아름답고 어둠은 만질 수 없어 깊은데

층층 쌓인 불빛
현기증 나는 적막

꿈도 어디 한 군데쯤 고장 나요

이희은 2014년『애지』로 등단. 시집『밤의 수족관』. 2023년 디카시집『모자이크』. 2018년 대전문화재단 창작지원금 수혜. 제7회 정읍사 문학상 수상. 이메일 leh2627@hanmail.net

동악산에 오르다 외 1편

백 홍 수

곡성 동악산에 오른다
도인들이 숲을 이룰 정도로 많다던 도림사에는
산기슭 어느 자락에 숨었는지 도인들은 없었다
기와 이는 아재와 얇은 눈가의 미소를 가진
경운기를 끌고 가는 아재, 따라 산향에 취해
뒷전엔 어느새 한 무리가 올라탔다
아직 개발이 덜 된 산자락엔
가지마다 길 따라 너풀거리는 표식들
OO일보 산악회, OO은행 산악회…
꼬리를 물었다 요산요수樂山樂水로다
동악산 줄따라 사선을 그리고
선바위 골목을 지나 형제봉 꼭대기에
맞잡은 님의 손등엔 짜릿한 전율이 흐른다
누가 물꼬를 텄는지
할매 할배 타는 산 줄기에 대단도 하더라
7년만에 핀다던 엘레지
여인의 손끝에 걸렸구나 그립다 여인이여
물이 흔들린다. 살갗이 투명한 물이
무색의 튜브 안에서 온갖 역동적으로 흔들리다
돌부리에 바위머리에 살갗이 다 해지고
너의 내피는 무르고 동악산 개풀의 어적거림에
너의 외피는 이미 문드러졌다

계곡 바위암자에서 트럼펫을 부는 아저씨
흐드러지듯 계곡 자락 타고 바람결 따라
벚꽃 잎은 날려 한사발 황홀주에 앉았다

백도, 영혼의 섬

아지랑이 봄 내음이 피어 오르는 새벽 바닷길
포말을 일으키며 배는 물살을 하얗게 가르고
미풍 속 물결의 유연함과 해풍의 미묘함에
바다 향을 간직한 채 미로의 선상 위에 선다.

동녘 끝 선을 타고 노오란 몽우리 떠오르면
가녀린 해무 사이로 드러나는 하이얀 영혼의 섬
돌이 되어버린 백 명의 신하들은
비색으로 둘러싸여 비경의 세월을 지내왔다.

후박나무 위의 흑비둘기는 고독한 자로 남아
님을 향한 외로움을 노래하고
슬픔을 간직한 사랑이 섬 주위를 감싸 안으면
어느새 내 마음은 외로운 영혼의 섬이 된다.

인적 없는 홀연 등대 만이 불을 밝히면
시나브로 모여드는 외로운 영혼의 발길들
머물러 섬에 한 조각의 징검다리를 놓아
외롭지 않을 슬픈 사랑을 위로한다.

백홍수 2005년 종합문예지『현대인』등단, 「섬」외 4편으로 시부문 신인상 수상. 전남대학교 졸업. '현대인' 동인으로 작품 활동. '현대시문학' 회원. 동인 시집『빈터에 바람이 분다』에「만성리 연가」외 1편. 2005년 시집『내 영혼의 그리움』.

꾹꾹 누른다 외 1편

김 길 중

머리에 수건을 두르고
풍덩한 몸빼 바지를 입은 할머니가 쪽 마늘을 심는다

밭고랑
간격을 맞춰 뚫어 놓은 작은 구멍에
쪽 마늘을 하나씩 넣고 손가락으로 꾹꾹 누른다

누가 먹는다고 그렇게 많이 심냐 물으니 큰 딸년은 삼겹살 먹을 때 싸하게 매운 마늘이 최고라고 지랄하고 작은 딸년은 반찬으로 마늘쫑만 한 게 없다고 지랄이니 하는 수 없이 해마다 이 지랄하고 있다며 나를 힐끗 쳐다본다

애들 학비 때문에 밭 담보 잡히며 꾹 누르던 그 손으로
집안 돌보지 않던 바깥양반 때문에 본인 가슴 꾹 누르던 그 손으로
꾹꾹 눌러 심으며

젊어서는 그 양반이 나를 꾹꾹 눌러주었는데 늙어서는 내가 딸년들을 위해 꾹꾹 누르고 있다고 씩 웃으신다

참 맑다

컵라면

벙거지 모자를 푹 눌러쓴 노인이
생의 마지막 자존심처럼 접혀진 박스를 차곡차곡 펴
리어카에 싣고 언덕을 오른다

숨을 몰아쉬는 리어카의 굵고 진한 바퀴자국이
노인의 이마에 패인 주름살만큼 깊다

도심 뒷골목의 분주함이
가난한 슬픔으로 조각조각 부서져
그 조각난 가난을 주우려 두 바퀴에 온종일 매달려 있는 노인

리어카가 무거워지면 마음이 가벼워지고
리어카가 가벼워지면 마음이 무거워지는

저녁밥 때가 한참 지난 시간
어두컴컴한 골목에서 어둠보다 더 짙은 어둠이 웅크리고 앉아
컵라면에 물을 붓는다

리어카 위에는
호된 오늘이 접혀진 채 실려 있고

노인은 컵라면의 마지막 국물을 들이켜고 있다

김길중 2023년『애지』로 등단. 이메일 birdiechance@hanmail.net

詩라는 적산온도 외 1편

최 윤 경

차곡차곡 마음속에 마음 쌓아 두듯이
그래야 마음이 생기고 마음이 가듯이
그래야 어느 날
가슴속 가슴으로 박혀오고 박혀 가듯이
詩라는 꿈이란
꿈틀대는 온도라는 완행열차를 타고
천천히 목적지에 도달하는 거란 걸

몸속 단단한 말들
수없이 날을 갈고 또 갈려도
부러지지 않아 참 다행인
물렁뼈 같은 단어
날마다 오독오독 씹으며
약해지는 잇몸조차
나긋하게 다스릴 수 있는 언어를
가슴 솥에 푹 고아 저절로 깊어진
살과 뼈를 발라내는 거란 걸

그래야 어느 날
누구라도
나의 詩 한 편
오물오물 삼키며 맛있다고 말할 수 있게

오늘도 내 속에서
저장된 체온만큼 달궈진
불꽃 같은 詩 발화하는 거란 걸

낙화

살아있는 번뇌도
꿈틀대는 고뇌도
피면서 피면서 사라진다

피는 것도
지는 것도
다 한순간
난 왜 이렇게 미운 것이 많아서
자꾸만 가슴에 얼룩을 만드는가

울컥
고요해져야겠다
딱딱하게 굳은 응어리
물컹하게 삭여야겠다

허공은 어둠으로 인해 더욱 빛나고
밤을 수놓은 불꽃 사리는
비처럼
별처럼
꽃처럼
훨 훨 훨

>

나의 헛됨을
아서라
사르라
날려라
자꾸만 타이르신다

최윤경 2004년 『시와시학』 등단. 시집 『슬픔의 무늬』, 『오늘은 둥근 시가 떴습니다』, 『저무는 것에 대한 화해』.

2부

비화옥 외 1편

김 명 이

가시 틈에 진분홍 꽃 밀어 올린다
가시 끝에 찔렸다

통증은 감각의 깊이를 확인하며
울음을 멈추기 위해 울음을 터뜨렸다

화사한 날에 약간의 물과
통로가 필요했던 바람

껍데기만 남는 노란 몇 개의 알약들
아끼고 사랑할수록 주의가 필요했다

맥박이 파닥이는 동안
건조해지는 것을 눈감아야 했다

관념만 남아있는 가시 꽃
포기했던 순간에

독하게 피우려는 것이냐

흰 달빛 조각하는 변두리의 저녁

책 낱장은 비현실이고 지난날 학문으로 지금 요긴한 밥구실을 할까 싶었다 과년한 딸은 불리한 면접을 뚫고 취직해 서울 변두리 방 한 칸 세 들었다

출근길 얼어있는 계단에 미끄러져 발을 다쳤다는 울먹임, 병가 내며 아프단 말보다 밥줄 끊기고 적금 못 부을까봐 죄처럼 미안하다고만 했다

말렸지만 끌고 간 책상이 반의반 차지하고 구석에 밀어붙인 중고 전자피아노, 시린 등뼈 녹인 것인지 세상 물정 알라고 밀어낸 말들에 크레셴도 두들기다 멈춘 것인지

“왜 못 버려?” 유아 때 몰래 치운 낡은 핑크이불 기억을 되돌린다
아이에게도 허공에 걸린 눈빛이 있었다

딴엔 요령껏 세간이며 옷가지 배치하고 피하여 제 몸 눕고 세웠을 것, 입구부터 달라붙은 신발 냄새 세탁기만 빠져나온 셔츠 냄새 쪼개서 두 끼 때웠다는 배달음식 냄새들

짜고 단단한 슬픔은 방 한 칸 키워줄 능력 없는 어미 보란 듯 오후 내내 닦고 치우고 정리의 기술 확인한 후 앉을자리

를 내주었다

보일러 기능 온돌로 잡아 돌리고 밥 한술 후루룩 뜨는 동안 찜질방처럼 뜨끈해지는 바닥, 한 팔 뻗으니 너의 볼 만질 수 있는 거리다

단칸방에서 구물구물 먹구름 한 장 덮던 날, 굼벵이처럼 말아 잠든 옛날도 다녀간다 이 정도에 질식하지 않을 거다 달빛 줍는 방 몇이나 되겠냐고 가만히 손을 쥐었다

책 하나만 믿게 한 나의 지옥, 서서히 빠져나가고 있다

— 10월 웹진 사이버 문학 광장 발표

김명이 2010년 겨울『호서문학』우수작품 활동 시작. 2011년 봄호『문학마을』등단. 시집으로『엄마가 아팠다』,『모자의 그늘』,『사랑에 대하여는 쓰지 않겠다』.

다시, 봄 외 1편

김 행 석

생각하면
엊그제 같은데
돌아보니
사십 년

눈 감으면
그대
그때
그대로인데

나,
먼 길
돌고 돌아
돌아왔네

뒤뜰 매화
얼굴 붉히니
다시,
그대 오시려나

지구의 뒤편

달의 뒤편에는 번지가 없다
법도 없다
없다는 핑계로 우리는 그 땅을
집단적으로 잊은 지 오래

사철 춥고 깜깜한
오지,
유령의 집이 되었다

지구에도 뒤편이 있다
암묵적으로
우리가 버린 번지 없는 땅
우리를 버린 이름 없는 목숨들이
유령으로 살고 있다

시간은 벽에 갇히고
말라붙은 기억들은 소주병에 잠겨 뒹군다

속 빈 돌멩이 하나
눈 크게 뜨고
서울역 지하도를 울면서 간다

김행석 2021년『애지』봄호 신인문학상. 이메일 hanbada51@daum.net

월산리, 당신 외 1편

박 설 하

당신은 물 장화가 어울려
삭은 볏짚이 들러붙어
추적추적 종아리를 따라다녀도

당신은 알곡을 셈하는 게 어울려
때아닌 폭우에 까뭇해진 마늘을 말려도

화요일 수요일이 다를 게 뭐야
구멍 뚫린 밀짚모자를 퉁명스럽게 고쳐 쓴다

검버섯이 어울려, 당신은
키보드 두드리던 손가락을 목장갑으로 감추고
굳은살이 거뭇거뭇 박힌

잡풀을 걷어내며
당신에겐 내가 잘 어울려?
흙탕물에 잠긴 채 꾹 입을 다문 마늘밭

두 발을 다지는 진흙은 뺄 수 없는 무게로 짓누르는데
검정비닐을 뚫고 올라온 마늘종들이
들리지 않는 매운 말을 주고받는다

>

때때로 어울리지 않는 변명이 있어, 우리에겐
당신 눈빛을 끌고 가는
월산리 그림자가 따갑도록 맵다

남포리

관계를 재구성해 봐요, 우리
남은 잔에 일렁이는 산그늘을 꺼내

맞주름이 화악 번지는 당신
눈웃음을 치고 있었나
되짚어 봐도 떠오르지 않는다

지난 폭우에 미뤄진 약속을 막무가내로 밀고 들어오는,
거기 앉은 당신이 궁금하지 않아요
남폿불 심지 돋워 매달린 낮빛

곶감 좋아하세요?
예전엔 줄줄이 감밭이었는데

남포리를 끼고 흐르는 데이지가
창밖에서 건성건성 출렁인다

낯선 사람과 앉아 있어도
어색하지 않은 나이가 있나 봐요

의자를 끌어당기는 초여름 탁자에
불빛이 고인다

약속의 실마리를 풀기엔
꽤 괜찮은 거리에 있다고 밀고 당기며 웃었다
카페 바깥으로
가랑비는 어디론가 내달리는데

아주 가끔
심장에 당겨지는 남폿불이 푸훗 흔들리고 있다

박설하 2022년『애지』등단. 시집『화요일의 목록』. 이메일 paae11@daum.net

안마 일지 외 1편

박 성 진

누군가의 몸 주무를 때면 나는
시냇가 언저리 무릎 꿇은 물푸레나무 된다

물푸레나무 이파리 닿을 때마다
푸르게 푸르게 변하는 물줄기들

한 번도 쉬어 본 적 없는 뭉친 근육이다, 저 물살은
나뭇잎 또르르 굴러가던 한 방울의 빗방울에서
개울을 지나 강을 지나
바다에 이르기까지 어디 한 번 맘 편히 누워보기나 했을까마는

물푸레나무 이파리 닿는 자리마다
정맥 속 흐르던 푸른 핏방울들
붉게 붉게 흘러갈 것 같은 오후다

손가락 스칠 때마다
시원타 외치는 신음소리
개울가 맑은 물소리로 흘러간다.
물이
아주 잠깐
지친 몸 뒤집었다 가는 것 같다

바다까지 금방일 것 같다

딱딱하던 근육이 투명한 햇살 튕겨내는 시냇물만큼이나 부드럽다

나사못 조이는 시간

얼마나 더 단단히 조여야 할지 모르겠다
조이고 조여도 자꾸만 헐거워지는 삶

도는 것만이 타고난 숙명이라면
세상에 나사 아닌 게 없겠다, 커피가 나오기만을 기다리는 동안에도
철제 의자는 자꾸 삐걱대고

나는 어떤 의자 조이려고 이곳에 앉아 있는 걸까
방문에 붙여야만 했던 생활계획표 없이도
내 하루는 일정하게 흘러가고 있다, 틀어짐 없이
단단히 꽉 조여지고 있다, 그렇게 믿기로 한다

커피 한 모금 마시는 동안 해가 살짝 기운다, 햇살 한 줌 커피잔에 다정히 내려앉는 시간
지구도 지금 이 순간 한 바퀴 돌고
다시 또 한 바퀴, 한 바퀴 돌면서
우주 한 귀퉁이 고정하고 있음을 안다, 한 자루의 나사로
조이고 조이고 다시 조이고……

그래도 이 우주 어디쯤은 계속 삐걱일 것 같다
구멍이 헐거워진 건지

철제 의자 다리 나사못은 조여도 계속 조여지지 않는다
뱅그르르 돌기만 한다, 끝없이 돌아간다

박성진 2013년『애지』등단. 이메일 sweetlove611@naver.com

중얼중얼 외 1편

김 소 형

어떻게 된 일일까
멀쩡하게 미쳐버릴 수도 있다는 걸 알았네
미치지 않은 말들은 죽은 말이란 걸
나는 한참 정신이 밝아져서 미쳤다가
다시 흐릿해졌네, 산것도 죽은 것도 아닌 세계로 돌아왔네

얼마나 정상적인지!
규칙적으로 죽어가는 것들이 부드럽게 흔들리네
내가 본 것은 암흑 속에 묻혀

나는 단정하게 죽어가네
5월 아파트 화단처럼
어제 쇼핑을 했다는 그 여자의 녹색 원피스처럼
아스팔트 중앙선처럼
반듯하게 누워있네

심장을 꺼내놓으면 모두들 무서워해서
바위 뒤에 숨겨놓았지
나는 이제 텅 빈 채로도 말을 잘할 수 있네
날렵하게 떠오를 수도 있네
눈만 살아서 돌아다닐 수도 있네

>

상냥하고 부드럽게 나는
흐리멍덩해지네
옷깃을 목까지 채우고 고개를 까닥거리며
사람들 속을 유령처럼 지나가지
아– 아– 여보세요 여보세요
공기가 촛불처럼 떨린다면 그건 내 기척이라네

몸의 힘

생각은 간단하다 몸에 비해선
고등어는 간단하지 않느냐고 넌 물었지만
그건 도마 위의 얘기
생각은 잘라내도 몸은 잘라낼 수 없는 것

생각만 데려가고 싶어도 몸이 따라온다
주인인 척 양보도 없이
고작 한 덩어리인데도 몸처럼
식솔을 많이 거느리는 것도 없어

그럼에도 가장 단순한 충족이 넘친다
생각을 달지 않은 무조건적인 반사
'살아 있다'고 몸이 하는 이야기는
오래고 오랜 습성

몸이 가는 길로
몸이 생각을 끄을고 간다
회오리 같던 생각도 어느새
배춧속처럼 몸에 달라붙어

젖은 옷을 입게 한다
사람을 나는 족속이 아니게 한다

침빗으로 머리를 빗게 만드는
몸의 위력

몸은
미끌어질수록 눈부신 빙판
생각을 인질로 잡은
언제 터질지 모르는 아슬한 살 위에서
어름산이가 줄타기를 하고 있다

김소형 2021년『애지』신인문학상으로 등단. 이메일 yysoa@hanmail.net

그릇 외 1편

최 병 근

쓸모는 밥상을 부른다
수저도 대기 전에
진즉부터 포만해져서
놓여 있는
그릇들

그릇된 자들은
입이 젤로 크다

여섯 살 적
할머니 흰 귀밑머리 아래서

큰 그릇 될 거여

배부를수록
그릇은 빈다

모처럼

풍경소리 들으러 갔다 거기
한바탕 싸움이 있었다
와중에 누군가 대장간에라도 다녀왔는지
사천왕 작두 창칼이 춤추고
목이 잘린 말들

말들이 히힝 울었다
경마장이 아니었는데
재갈을 물리고
오도 가도 못하는
첩첩산중

결가부좌로 포박당한 부처가
유리안치 되었다

일곱 걸음만 걸을 수 있게 해다오
연꽃 위에서 이슬과 노는
개구리나 되게

누구의 명이던가
붉은 장삼을 두른 나무들이
대웅전 지붕 위에

단지한 손가락을 불쏘시개로 던져
불을 질렀다

발치 사하촌에서
방아 찧는 소리가 났다

최병근 충남 보령에서 출생. 2020년 『애지』로 등단. 시집 『바람의 지휘자』, 『말의 활주로』, 『먼지』. 2021년 청주시인상, 2022년 전국 계간지 문예연구 우수 작품상 수상. 2022년 충북문화재단 문화예술육성지원사업 선정. 2023~ 애지문학회장 수행. 이메일 cbgaaa@hanmail.net

노인과 조카 외 1편

조 숙 진

어둠과 적막으로 소음방어 센서를 달았는데
청각은 더 파랗게 자라 올랐다

노인의 틀니를 앗긴 말소리가 급격히 늙어간다
토씨까지 흘러드는 물컹한 발음은
저쪽 보청기 없는 까만 잠을 향해
힘껏 뻗어 보는 날카로운 손짓이다

촌수의 턱을 넘고
시간의 벽을 타고 넘은
두 세월이 오랜만에 묻는 안부다
이미 친구가 된 장롱 속 이름들이 하나씩 불려 나와
잠시 들썩이다 퇴장했다

내수용 문장들은 날개를 달고
엉겼던 매듭도 풀리는 말랑말랑한 시간이 흐르는데
창문 밖에서 찾아온 희미한 불빛과 방 안의 웅크린 어둠처럼
갈증 난 말과 헛헛한 웃음이 쉽게 섞였다

두 퇴로가 만나는 지점에서 마른 목을 축이는 것일까

>
다 털린 깻대 같은 육신의 고통보다
아무리 털어도 떼어낼 수 없는 외로움의 응집일 거라는,

정신 줄은 절대 놓지 말자는 허약한 말이 들리는 듯하다

몸살 난 그리움으로 부풀어 가는 대화는
언덕에서 숨을 고르고
내리막길에서 목줄을 풀어 놓는다

소음의 물꼬를 단단히 막았던 내(川) 저쪽
접은 시간을 깔고 앉은 눈치 밖 신선놀음을
나도 모르게 기웃거리고 있다

오디

장맛비가 잠시 허리를 펴는 시간
키 큰 아파트 너머에서
환청인 듯 들려오는
뻐꾹 뻐꾹

뽕나무밭 사이엔 흰 수건이
배고픈 아이들 풀어 놓고
땅에 스며들 듯 여름을 솎아내었는데

밭 아래 갈지자 하얀 길이 자라고
미끄덩 뒤집어진 검정 고무신과
깔깔대는 자매들이
골짜기의 적막을 깨곤 했는데

배고픈 한나절

나도 따 먹고
너도 따 먹고

손톱도 옷도
활짝 웃는 입안에도
진한 고딕체로 그려낸 그림

>

빼꾹

지워지지 않는

까만 추억이

우리 사이로 배어 온다

조숙진 2023년『애지』등단. 여수문인협회, 애지문학회 회원. 이메일 1106csc@hanmail.net

장흥 엄니 외 1편

이 국 형

유월 더운 날
남도 장흥, 규철이 형네 놀러갔다가

형네 엄니가
곱고 고와서

선운사 동백꽃 아래서 찍은
우리 엄마 사진을 들이밀며

울 엄마랑
닮았다고 우겨봤다

규철이 형이나 정선 아우는
별로 닮은 데가 없다는데
장흥 엄니는 '아니다, 닮았다'고 하신다

"맞다, 꼭 닮았다 처진 눈매가 그렇고. 봐라, 콧방울도 닮았다"

그렇게 엄마가 보고 싶냐며
어미 잃은 꿩새끼처럼 불쑥 찾아든 나를 품어주셨다

>

그래, 닮았다

어쩌다 아들 친구들이 놀러오면, 울 엄마도
오늘 장흥 엄니처럼 안 먹어도 배가 부르다고 했다

"좋아서"

늦여름

산책길에
달을 향해 배를 보인
참매미 한 마리

살아 있을까?

살짝 손을 대자
파르르 날아오른다

입추 지나
태풍이 온다는데

저 날갯짓은
한 생을 건너가는 비행

매미의 떨림처럼
여름은 손끝에 남아 있고

하늘에는
낮달이 더디다

이국형 2019년『애지』로 등단. 이메일 leekheeee@daum.net

등꽃 목욕탕 외 1편

유 계 자

꽃 뭉치가 샤워기 같다
일 년에 단 열흘만 개장한다는 등꽃 목욕탕

강변의 사각정에 올려놓은 등꽃, 사방에서 틀어놓은 샤워기처럼 보라색 물이 쏟아진다

등꽃 그 뜨신 향기에 먼저 민들레가 몸을 담그고 멧비둘기도 날개를 적시고 바람은 털썩 바닥에 앉아 신을 벗는다 막 들어온 햇살이 꽃 뭉치 샤워기를 끝까지 틀어놓는다

어질어질 물길은 깊어져 온통 보랏빛 향기 속으로
자주 응급실을 들락거리던 한 여자가 시든 몸을 담근다
부은 발을 주무르고 훈김 오르는 물방울이 안경 속으로 후드득 떨어진다
돌아앉은 그녀의 등을 멧비둘기가 꾸욱꾸욱 밀어준다

풀어진 여자가 탕 속에서 나오자 참새 몇 마리 슬픔의 각질들을 서둘러 치우고 등꽃 목욕탕은 노을을 받을 채비를 하고 있다

어머니를 대출합니다

겉표지가 낡아 덜렁거린다
풀로 붙이고 표지를 싸매고 첫 장을 열었다
훅 풍겨오는 곰팡내 책 비듬이 떨어진다
까실까실한 글자들로 들어차
손끝이 찔려 바로 돌려줄까 고민하다
이왕 빌렸으니 꼼꼼히 읽기로 했다
한쪽이 허물어져 침을 묻혀도 잘 넘어가지 않는다
이미 서슬 퍼런 문장들은 녹이 슬고
고단한 제목들도 코 고는 사족이다
빛나던 경칩의 장식은 떨어져 나가고
꼭지를 놓친 복숭아처럼 물러져 있다
침대맡에서 책을 읽다가
힘이 빠진 저녁을 떨어뜨리기도 했다
수십 년 버무려진 이야기를 한 달에 끝낼 수 없어
다시 제자리에 꽂아 놓았더니
도서 대출 칸에
둘째 동서가 기록되었다

유계자 2016년『애지』등단. 시집『오래오래오래』,『목도리를 풀지 않아도 저무는 저녁』,『물마중』. 한국출판문화산업진흥원, 중소 출판사 출판콘텐츠(2022년) 선정. 애지문학작품상, 웅진문학상 수상. 이메일 poem-y@hanmail.net

리마스터링 외 1편

김 재 언

다시,
'중경삼림'을 본다

예보를 훌쩍 넘긴 장마의 변주에
발목이 젖어든다
'California Dreaming' 속으로
찾아가는 청춘들의 항로

떠날 때를 알고 가는 뒷모습*을 지우며
예정된 결별을 돌아본다
회항하는 그림자는
어느 약속을 비행하고 있을까

옥상에 널어둔 동쪽 한 귀퉁이에
날개가 찢어진 날
나침반 위에 눈빛을 올려놓으면
닫고 있던 귓바퀴에서
네가 좋아했던 가사가 흘러나오고

빗방울이 쓸려가는 난간에서
파란 슬리퍼 한 짝이 버티고 있다
다정하게 들려오는 우리의 강우기

>

다시,

사랑할 수 있을까

* 이형기 「낙화」에서 변용.

누구를 먹이려 단비는 붉은 길을 달리나

단잠 걷어낸 할머니
끼니마저 거르고
빗소리에 논두렁을 끌고 온다
무논에서 첨벙대는 첫새벽

봇도랑으로 몰려드는
붉덩물을 마구 퍼 올린다

넋 잃고 찾아다닌 물의 씨
단비는 비손에서 싹이 튼 걸까
할머니가 외우는 몇 겹 주술은
목 축이는 논바닥을 단숨에 살려낸다

할머니는 모가락에 불을 지핀다
식은 허기를 안치면
푸릇 푸르릇
들판을 부풀리며 모가 사람을 한다

큰물은 허리를 펴고
강둑을 휘돌아간다

김재언 경북 청도 출생. 『애지』 2021년 겨울호 등단. 청도문학 제1회 작품상 수상.
사)한국문인협회 밀양지부 회장역임. 이메일 jum1958@hanmail.net

멸치, 고래를 꿈꾸다 외 1편

박 용 숙

고래가 될 수 있을까?

메타버스에는 널려있다지
먹고 싶은 거, 입고 싶은 거
오늘도 홈쇼핑 최저가 핸드폰 결제

그래도, 태평양 가슴에 품으니
이까짓 편의점 아르바이트 서너 개쯤이야
하루 세끼 삼각김밥도 견딜 수 있어
바다 한가운데 은빛으로 빛나는 내 모습
날치 꽁치 앞에서 주눅 들지 않아
노는 물도 당연 다르지
옥션의 경매 정보나 쿠팡의 쿠폰도 팡팡 쌓이고
광고판도 뻐대 있는 내 이름 석 자로 빛나고 있지
이제는 겪을 일 없는 풍파
신의 가호란 말은 나를 위해 존재하는 것

— 이놈 똥 뺄 것도 없겠네

달랑 소주 한 병으로 나를 깨운 거야?
하루 벌어 하루 사는 저 아줌마는 모를 거야
내가 어떤 세상 꿈꾸는지

고래고래 소리 지르는 술고래 말고
푸른 물결 헤쳐나가는 대왕고래
가슴에 산다는 걸

정말, 고래가 될 수 있을까?

안전불감증

책도 눈꺼풀 무거워져
낮잠 청하는 나른한 오후
도서관 화재경보기 요란하게 울어댄다
오작동 감지기 갈아 끼우는데
요놈, 심심해 울었을 리 만무한데
졸고 있는 열람실 잠 깨우고 싶었을까?
책상머리 손가락만 까딱이는 내가 얄미워
훈련이라도 시킨 걸까?
기특하게도 이승과 저승 사이
출입문 저절로 열리는데
단 한 명도 꿈쩍 않는다

어느새 중년의 몸이 보내오는 신호
무시한 채 낮과 밤으로 끌고 다닌 불감증
뒤따라오며 궁시렁댄다
피차일반, 피차일반

그래, 이유 없이 울고 싶을 때 있지
그냥, 안부 전하고 싶을 때 있지.

박용숙 2023년 애지신인문학상 등단. 이메일 pyss7103@naver.com

3부

독서하는 소녀 외 1편

김 은 정

밝고 환한 창가에 새가 울고 명랑한 빛이 쏟아진다 노란 리본을 멘 소녀가

창가에서 책을 펼치고
숨결이 낮게 낮게 흐르고

까치가 안산안산안산 울고

친구야,
내가 살고 있는 안산과 네가 생각하는 안산은 다르다

오늘도 안산은 천국
독서하는 소녀의 얼굴이 빛나고
푸른 마디마다 장미꽃 피어나고

은행나무는 안산안산안산 리듬 타고

창가에 드리우는 악기가 있기에
우리의 발걸음이 빛나고

소녀는 그렇게 조용하고 평화를 계속 읽고

>
안산안산안산
어디에, 구름에 성실하게 책 읽는 소녀의 얼굴이
빛나고
자애의 눈빛이 안산을 덮고

창가에서 책 읽는 소녀를
안다, 안산

소녀가 있기에 우리가 있는
안산, 안다
낮은 노적봉폭포에 머무는 물소리도

안산안산안산

물안개 차오르는 기쁨

안산안산안산

대부도에서의 하루

나는 물닭이에요
감성은 예민하고 돈은 없지만
바다는 내 안에 신전이 있다고 해요

신전이란,
희망의 끝을 본 자들이
제 안에 세우는 빛기둥 같은 것 아닐까요?

세상에서 버려졌을 때
있는 힘을 다해 날아간 갯벌에서
머리를 박고 눈물로 들린 새벽을 바라보았던 열두 살의 그해 바다처럼

안산에서 차를 타고 사십여 분을 달려오니
갯지렁이 꿈틀거리는 바다가 펼쳐집니다

나는 염소를 데리고 미친 듯이 턱 수염이 난 당신에게
소용돌이치려 합니다 겁에 질려 움츠려드는 당신은 내 허벅지를
움켜쥐고 나의 분노를 피하려 두려움을 떨고 있습니다

바다에서 강물의 경계를 응시하는 일

강의 순례를 파도에 기록하는 일

몇 천 년을 이어온 우리의 기교를 예수 같은 당신이라면
너른 갯벌에 모두 들여놓고 새 신부처럼 껴안아 달빛을
하나 둘 끼워 넣어줄 거예요

대부도에 달뜨면 나뭇가지는 새신랑의 슬픔까지 투명하게
읽었다는 뜻이 아닐까요? 빛과 어둠을 오가는 자의 남루
함으로
뒤곁에 도살된 염소의 피 냄새까지 차마 아직도 눈물겹
다는
당신의 조그만 미소를 내가 대신 지을까요?

바람 속에 뼈를 말려도 좋을 거야,
그러나 영영 바람이 되지는 말아,
그런 속삭임에 밀려가는 배가 되어도 좋을 듯해요

밤새 물닭의 눈으로
밤새 물닭의 부리로
그리운 강을 뒤적거리며
우리는 어린 시절에 맛본 악기를 꺼내놓는 거예요

>

그리하여 가난과
그 가난을 별로 가져가는 파도처럼
비로소 깨닫는 사랑을 다각도로 입술에 새기는 밤입니다

낡은 집 같은 데서 자고 일어나면
아직도 타오르는 목숨이 아침빛처럼
떨며 괴로워하는 서로를 다시 껴안는 거예요

김은정 2015년 『애지』로 등단. 시집 『아빠 찾기』, 『둥근 달을 뜨는 이방인』. 현재 동서문학회, 애지문학회 회원. 이메일 eunjung8520@hanmail.net

커다란 양파 외 1편

김 혁 분

양파를 벗기고 있어요
돌아갈 날을 준비한다는 구두의 침묵 앞에서

벗길수록 눈물을 펴내는 양파는 누구의 날개음일까요

날개 다친 새처럼 어둠을 겹쳐 입은 양말을 벗겨요 양말을 벗기면 양말 속에 양파, 발보다 먼저 눈물이 달려 나오고 껍질을 벗기면 걷기를 멈춘 하얀 발의 양파가 당신을 달고 나와요

한 움큼의 껍질로 말라버린 당신

제발,
두 눈 글썽이게 하는 양파 속에는 숨지 마세요

날마다 굴러떨어지는 심장을 가진 나도 벗겨낼 것 많은
둥글고 커다란 껍질의 겹겹

날개 펴는 당신을 잡으려 늦게 깨는 악몽이 나를 뒤쫓을 때마다 눈물의 스위치를 켜고
한 짝의 구두로 멈춰 골똘해진 짝짝이 날개를 벗겨 내려요

>

양말 속에 한 겹 날개 위에 한 음,
어디가 아픈 소절인 줄도 모르고 반복해서 당신을 겹쳐 입은

깃털처럼 가벼워지는 양말 속의 날개
겹겹의 껍질를 벗겨요
껍질 속에 껍질 내 안의 울음을

봉숭아꽃 빛깔의 보름

손톱을 깎았다

아버지 기일 날 묻어뒀던 꽃술을 꺼냈다
손가락에 동여매 주던 봉숭아꽃 같은 빛깔의

보름,

그때, 손가락마다 보름달이 뜰 거라고, 달이 뜨면 희소식이 올거라고
아버지 술 냄새가 여름밤의 은하수처럼 엄마의 빈 자리마다 꽉 차 있었다

골목에 아이들이 흩어지고 내가 가리키던 북극성은 손끝에서 지고
손톱 속 보름달이 뜨기도 전에 보름

보름은 가고

화단에 봉숭아꽃이 돌아와 피었다
빈집 가득, 저녁노을이 꽃술 냄새처럼 내려 앉았다

바람 멈춘 여름밤이면 뒤척임이 길어

봉숭아꽃물 손끝에 물들 때까지,

삼베 이불 한 귀퉁이에 봉숭아 꽃물이 들었다
엄마 없이 찾아온 첫 달거리처럼

김혁분 충남 보령 출생. 2007년『애지』등단. 시집『목욕탕에는 국어사전이 없다』,
『식물성의 수다』. 이메일 kimhb1212@hanmail.net

바위를 낚다 외 1편

이 병 연

낚싯대 하나 들고
제주 바다를 여러 날 거닐었다
수시로 입질이 왔다

질펀히 내려앉은 바위
이름 없이 산 것들 줄지어 낚는다
널뛰는 파도를 품었다 놓느라 울퉁불퉁한데
움푹 팬 가슴엔
햇살과 바람과 눈물이 머물러 있다

허공에 힘껏 줄을 던져
깎아지른 절벽을 낚는다
정을 쪼듯 내리치는 물살에 새겨진 문신
상처가 깊을수록
지느러미의 골이 빛난다

덜컥 입질이 왔다 이번엔 정말 크고 센 놈이다

머리를 하늘로 치켜올리고 기둥처럼 떼로 서 있는 놈
하늘이 같이 끌려온다
낚싯대가 휘청인다
함께 쉽게 사는 법은 없어서

세로로 그어놓은 금이 햇살에 도드라진다

몸에 새겨진 저마다의 사연
바다에서 낚은 것을 바다로 돌려보내고

당신의 마음이 닿지 못하는 날
바위 낚시를 떠나야겠다

고산 가는 길

곧은 길 놓고
할머니 등처럼 굽은 길
느릿느릿 간다
구룡천 따라
빼곡히 박혀 있는 감나무 길
덧대고 기운 길 간다

휘어진 등으로 하루를 더듬으며
시래깃국으로 삭은 몸 달래던 할머니
주렁주렁 빠진 이 사이로 흘러나오던
얼룩진 이야기 싣고
아픔도 슬픔도 달착지근하여
가을 햇살 아래 누워 있는
고산 가는 길

한 구비 지나면
또 한 구비
멀리 불그스레 앉아 있는 산들
무심히 지나가고
오랜 얼굴 같은 잎들 단풍이 들어
삐걱대는 문에서도 단내가 나던
아득한 그 시절 꽁무니에 달고 간다

이병연 공주 출생. 공주사대 국어교육과 졸업. 공주대 문학석사. 2016년 계간지 『시세계』로 등단. 제16회 한국창작문학상 대상 수상. 시집 『꽃이 보이는 날』, 『적막은 새로운 길을 낸다』, 『바위를 낚다』. 한국시인협회, 충남시인협회, 풀꽃시문학회, 애지문학회 회원 등. 이메일 yeon0915@hanmail.net

유효기간 외 1편

박 정 란

아파트 옆 노인 쉼터 앞
허옇게 바랜 파란 화분 하나
귀퉁이 잘린 채 버려져 있다

산목숨 버리지 못해
버티고 서 있는 행운목
혈액이 안 돌아 잎은 누렇게 시들고
햇살 보듬고 목숨 지탱하고 있다

젊은 날은 나도 한때 잘 나갔지
사랑도 받았고
새끼도 낳아 분양해 주고
향기 나는 꽃도 피웠었지

낡은 스웨터 추레한 모습으로
유효기간 지난 영양제 한 알 털어 넣고
혹시나 자식 한 놈 찾아와줄까
누가 말동무라도 해줄까

정신줄 붙잡고
지막골 골목에 앉아 있는 저 여인

까만 슬픔

툭하면
손톱 밑이 까매졌다

한참을 따듯한 물에 담가도
숨죽여 골목길로 다녀도
억지로 웃어도
결코 사라지지 않던 슬픔

짙은 매니큐어라도 있으면 감출 수 있었을까

학교 교실 안에 공부하는 친구들
학교장 비서실 타자기 앞의 나

조용한 수업 시간에만 출입을 해야 했어
쉬는 시간 꼭꼭 틀어박혀 숨죽이며
들키고 싶지 않던 내 작은 존재

내 열여덟의
손톱 밑으로 자꾸만 스며들던 검은빛

— 하늘이 다 알아
　한 만큼 받는겨

>

어머니 그 말씀 들린다

박정란 충남 공주 출생. 애지신인문학상(2022)등단, 수필시대 신인상등단(2007). 충남문학발전대상 신인상(2008), 충남문학 작품상(2022) 등 수상. 수필집 『짧은 시간 긴 여행』, 『월반하세요』 등. 이메일 rans5252@hanmail.net

무수천 물뉘* 외 1편

김 은

찜통더위에 찾아간 무수천
발가벗은 몸으로 흐르는 물이 나를 유혹한다
목석인들 그 몸짓 뿌리칠 수 있으랴
정강이 아래까지만 허락하자고
옥수玉水 속으로 발 담가보니
도봉 계곡의 환영인사에 온몸 짜릿하다

여기가 천국이구나, 주변 둘러보는데
바위와 바위 사이 세찬 물살 위에
거미집 한 채 아슬아슬 걸려있다

어쩌자고
저 난감한 곳에 터전을 마련했담!

가만 들여다보니 파리 눈만한 거미가
명주실 보다 가는 줄로 그물 엮어 놓고
튀어오르는 물뉘로 먹잇감을 노리고 있다

목석난부木石難傅의 세상이라더니
지상 어디에도 먹이사슬 없는
유토피아는 없단 말인가

>

잠깐 지켜보니 거미줄에 물벼룩이 걸려든다
열악하고 위험하게 보이는 곳이지만
거미는 천수를 누릴 듯하다

나는 풀어졌던 정신을 가다듬었다
긴장의 빗장 다시 채우고 무수천을 흘러나왔다

* 사전에는 없는 말인데 필자가 만든 아주 작은 물방울.

겨우살이 시화전

참나무 가지에 붙어있는 겨우살이,
옥탑 방 시인이 공중에 펼쳐놓은
시화전 같습니다
아무나 볼 수는 있어도
누구나 읽을 수 없는 시어들 반짝입니다

나무는 기꺼이 전시실 한 칸 내주고
햇빛은 또렷또렷 필체를 잡아줍니다
한 편 한 편 토해냈을 울퉁불퉁한 말마디에
새들의 부리가 쉼표와 마침표를 찍어줍니다

내가 썼던 시들도 육신에 기생해 온
겨우살이가 아닐는지요
심중에 똘똘 뭉쳐 있는 말들을
어떻게 다 풀어내어
봄바람을 반갑게 맞을 수 있을까요

고요로 몸 씻어 나부끼는 겨우살이가
내게 밑줄을 그어줍니다
시가 몸에 해가 될지 약용이 될지는
네 정신의 말초에 달렸다고

>

독자가 뜸한 시화전

나는 오래도록 눈을 떼지 못합니다

조용히 이는 심장의 박동이 나의 시에게

영양분을 전해주는 시간이기도 합니다

김은 2015년 호주《동아일보》신년문예 당선. 2016년 해외동포문학상 우수상 당선. 2018년 애지신인상 수상. 2021년『시계는 진화중』(지혜).

어초장* 외 1편

탁 경 자

달이 섬진강
은어 떼를 몰고 오면
강가에서
시의 추를 던지며
별을 낚는다

그 별 손바닥에 올려
心자를 심으면
만장의 문장들이
서정의 잎새로 그늘 쳐 오고
민초들의 노래가 돌고 돌아
뻐꾹새 피울음으로
능선을 타고 넘어오는
지필묵 잃은 어초장

언제쯤 벗어 놓고 갔나
섬돌 위 밑창 닳은 신발 위로
솔바람 타고 온 새들이
한 그림자를 스치며 간다

* 송수권 시인의 집필실

수선화

가만히 보면
꽃이 자기들끼리
꽃을 피우고 있는 것이 아니다
새벽 강가에서
꽃을 깨우고 있는 것은 새떼다
새떼가 어둠에 키를 꽂고
햇살을 사방으로 풀어 놓고 있는 거다
수런수런 번지며
새벽을 수선하고 있는 수선화
꽃이 세상을 피우고 있는 거다

탁경자 2017년『애지』등단. 이메일 tak5708@hanmail.net

혼자 외 1편

최 명 률

남들과 더불어 있지 않고 홀로이 남아있는 혼자

그는 아무 말 없이 혼자 가버렸다
그는 아무 말 없이 가버렸다

무슨 영문인지 모르지만 그의 등이 단단히 토라져 보인다
하지만 그는 어떤 처지에 놓이든지 자신의 존재감을 드러낸다

혼자는 조금 전까지 남아있었는데 눈앞에서 사라진 유령처럼 보인다

그는 완전히 자기가 혼자가 된 것을 느꼈다
완전히 자기가 혼자가 된 것을 느꼈다, 그는

혼자가 된 그가 무척 외로워 보인다
하지만 그는 어떤 자리에 있든지 역시 존재감을 드러낸다

혼자도 요번 자리에서는 빠져서는 안 될 요인처럼 보인다

쓰려고 들면 세상에 필요치 않은 소용이 어디 있겠는가
혼자도 자신의 존재를 증명할 필요가 있다

>

혼술도 그렇고, 혼밥도 그렇고……

온전히 자신을 위해 술을 따르고
온전히 자신을 위해 밥도 지어야 한다
자신의 곁에 자기가 있으면 얼마나 큰 위로가 되겠는가

외로움은 궁지에서 서식한다
외로워질수록 철저히 잠에 빠져야 한다
그 혼잠의 동굴에서 혼자의 숨결을 느껴야 한다
그 혼숨의 물결을 타고 저 세상 밖으로 나가야 한다

혼자는 혼자라 해서 결코 혼자가 아니다

아브라함이 이삭을 낳고 이삭은 야곱을 낳고 ……
낳고 낳고 또 낳고 낳듯이

ᄒᆞ온자는 호온자를 낳고 호온자는 혼자를 낳고……
낳고 낳고 또 낳고 낳는다

혼자는 혼자라 해서 쉽게 무너지지 않는다

혼자의 시조는 본래 ᄒᆞᄫᆞᅀᅡ이다

ㆆㅸᅀᅡ의 형제 중 막내인 아래아(ㆍ)는 어엿븐 백성들을 이롭게 하다가 488세의 일기로 생을 마치는데
언중의 끈질긴 지지로 예수처럼 부활하여 모바일 언덕에서 키보드를 타고 오르내리고 있는 중

혼자는 혼자라 해서 결코 사라지지 않는다

이호테우에서 피카소를 만나다

오늘은 또 다른 어제로구나

같은 장소에서
같은 커피를 마시며
먼 바다를 바라보아도
눈으로만 보았던 어제와
혀끝으로 느끼는 오늘은

하루하루 풍미가 다르구나

같은 시간에
같은 와인을 마시며
수평선을 바라보아도
글라스에 로제와인이 남아있는 어제와
잘 익은 노을에 탄성이 가미된 오늘은

그날그날 농도가 다르구나

한나절 동안,
등대에 묶여있던 하얀 말이
고삐가 풀린 채로 한창 날뛰더니
바닷물을 박차고 창공으로 뛰어올라

여기저기에 뭉게구름을 펑펑 퍼뜨리고

해거름엔,
빨강 말이 등대 뒤에서
온 바다가 물들 때까지 생리를 하는구나

아마도 내일은 유별난 오늘이 되겠지

이호동에 사는 어부가
낡은 테우*를 부두에 묶어 두고
어디론가 떠날지도 몰라

마부처럼 빨강 말의 고삐를 당겨
하양 말이 있는 저 먼 곳으로
힘차게 박차를 가할지도 몰라

다시 해거름이 되면,
빨강 말이 피카소가 되어
그의 몸에서 쏟아낸 다홍색 물감과
하늘이 점지해 준 오렌지 빛으로
두리둥실 뭉게구름에 촉촉이 스며들겠지

>

내일은 또 얼마나 더한 오늘이 될까

* '뗏목'의 제주방언.

최명률 2006년『애지』로 등단. 시집『바람의 옷깃』. 이메일 mrchoi902@hanmail.net

채석강 외 1편

현 상 연

고소하고 쫄깃한 빵을 구워요
페스트리 결 음미하며 담백한 여행에 빠진 사람들
긴 시간 촉촉하게 발효된 퇴적암이 어둠속에 부풀어요
얇게 겹친 나들이는 정해진 시간에 숙성되어야 하는 운명
때로는 겨울추위가 당신을 성숙하게 만들어요
그때가 아마 휴식이라지요
시끌벅적 왔다가 파도에 올라앉은 물거품 같은 생크림
겨자 빛 낙조에 여러 번 접어 구운 빵
노릇하게 타고
오후의 풍경과 바닷물이 겨울 한 귀퉁이로 한 발 물러선 자리
한 번도 만나지 못한 고래와 공룡의 울음소리가
시간 사이에 층층이 쌓여
그 시대를 증언해요

백악기 지층에 바람불고
나를 위해 머물다가는 바삭한 풍경
붙잡고 있던 감정 놓아야 하는 시간 속
어둠의 이불 덮은 가로등이 불 켜기 시작해요

풀의 각도

마당 끝 세 들어 사는 풀
머리 숙여야 할 일이 많다
수시로 키 재기하며 올라오는
잡풀 등쌀에 허리 굽혀
예초기 날 뒤에 숨어 제 키 늘린다

씨앗을 맺기 위해선 생각의 자로
계절의 각을 측정하며
목을 움츠리는 건
주눅의 각도로 자신을 바라보는 일
예초기 칼날 피하기 위해선 밟혀야 한다
밟힌 풀,
다시 일어서
밑금의 각으로 돌 틈새 자리 잡는다
씨앗,
들판의 변과 변 사이
숨죽인 채 봄의 눈금 재고 있다

현상연 한국 방송대학교 국문과 졸업. 2017년『애지』등단. 시집『가마우지 달빛을 낚다』. 이메일 hyusykr@hanmail.net

논두렁 외 1편

강 익 수

땡볕에도 폭우에도 그곳에 계셨습니다 아버지는
벼와 콩을 키우고 풀과 개구리가 자라고 길을 만들고
밥상이었다가 의자였다가
하늘은 기꺼이 집이 되어주었습니다

굽은 허리를 펴는 동안
소가 풀을 뜯어 먹는 동안
미루나무 그림자 슬며시 등을 쓰다듬고 갑니다

물꼬를 내고 나면 짓무른 논두렁은
벼와 함께 익어갔으며
그 단단한 힘으로 학교에 다녔습니다

아버지는 겨울의 푸석푸석한 논두렁을
닮아가고 있었습니다
나이도 모르는 무지렁이 같아서
봄이면 파릇파릇한 손길을 또 내미는 것이었습니다

달빛 사과 향

사과를 먹으면 사과 향이 날까 달을 바라보고 있으면 달처럼 둥글게 빛날까 달밤의 농부는 계수나무를 클릭으로 지워보기도 한다

사과의 한쪽 면이 조금 더 붉다 가을이 깊도록 기다렸으면 고추잠자리처럼 붉어졌을까 둥근 밤을 지나왔으나 빈손으로 다시 아침이다 구겨진 달빛과 밋밋한 사과 향이 책상 밑에 널브러져 있다 저들이 책상을 키우기도 하지만 허기진 아침 아무런 쓸모가 없다

서랍 속엔 일 년을 넘게 생각에 잠긴 개미와 너른 보리밭과 네온사인도 있다 풋풋한 사과를 내밀면 고개를 갸웃거리던 그의 발자국도 서랍 속에 있다

눈꽃 내리는 날일까 진달래 산천을 물들이는 날일까 한 달이든 일 년이든 달빛 사과 향에 취하는 날이면 십리향도 천리향도 원치 않는다 딱 그에게까지만 닿기를

강익수 울산 출생. 2021년『애지』로 등단. 시집『호수의 책』. 현재 애지문학회, 글벗문학회, 시산맥 회원. 이메일 kfban@hanmail.net

시대時代라 하는 외 1편

백 승 자

당신을 어머니라 부릅니다
무수한 목숨들을 잉태하는 게 숙명인 어머니

당신의 첫째는 언제나 옳았지요
당신이 그려놓은 지도대로
더함도 덜함도 없이
보물이 되어갔으니까요
당신을 끌어안고 폭포처럼
큰 길을 열어갔으니까요
그 도도한 물길은 정답이라 불리어졌지요

당신의 둘째는 언제나 말썽꾸러기였지요
당신의 지도 밖을 돌아다닙니다
덜컥, 지뢰를 밟고 덜컥, 늪에 빠지고
유물이 되어갔으니까요
당신을 거스르고 분수처럼
거꾸로 가는 길만 뚫었으니까요
그 어지러운 물길은 오답이라 불리어졌지요

그런데요 어머니
누구에게 정답이고 오답일까요

>

피고지고 피고지는 게 순리라면서요

뒤집히는 게 습성인 수레바퀴에서
어김없이 피어나는 어머니

첫째의 썩은 역린에서 둘째는 태어납니다
새로운 어머니가 됩니다
웅숭깊었던 분수는 거대한 폭포로 떨어집니다

수레바퀴가 여는 순리랍니다

당신의 모태는 정반합正反合, 돌고 돌지요

개망초 탄원서

망초의 입장에서 보면 마땅히 개망초지
개복숭아 개살구……
본부인이라면 그리 부르고 싶은 첩 같은 신세
묵정밭이든 불모지든 억척에 뺏긴 땅이
삼천리 구석구석 닿지 않은 곳 없으니
굴러온 돌이 박힌 돌을 뽑아낸 꼴 아니겠나

더구나 왜倭에서 경술국치 해에 들어온 망국초고 보면
왜풀이라는 불청객 소리를 들어도
무릎 꿇어 읍소할 처지지만
천하가 굶주리는 보릿고개에는
나물이 되어 살을 주고
약이 되어 피를 주고
꽃이 되어 풍년을 주고
아궁이 다비까지 해 주는데
엄연히 국화꽃과에 이름까지 있는 족보를
풀인 듯 꽃인 듯
자기들 심사꼴리는 대로 이랬다저랬다 개취급이니
홍실망종화* 옆에서는 무참하게 뽑히는 잡초였다가
메마른 찻길 옆에서는 아쉬운 대로 꽃무리라네
한들한들 앙증맞은 국화들이 떼창을 부르며 흔들어주니
군악대 사열이라도 받는 듯한가

통 크게 자연사自然死를 허락하네

강산은 십 년이면 변하고
세상은 십 일이면 바뀌는데
이 땅에 뼈 묻은 지 백 년도 넘은 이름에
분명한 명패 하나 걸어주지 않는 야박함이라니
네 이웃을 사랑하라는
하나님 말씀 대로라면 만 번은 용서받고 사랑받았을 터
얄궂은 세월은 묻어버리고 화끈하게 화해**해 보자구요 우리
끝내는 한 땅에 묻히고 말 것인데

* 변치않는 사랑, 당신을 버리지 않겠어요.
** 개망초 꽃말.

백승자 2016년『애지』로 등단. 첫시집『그와 나의 아포리즘』출간. 이메일 bsj-1963@hanmail.net

강철의 힘으로 너를 새긴다 외 1편

김 평 엽

글은 쓰는 게 아니라 새기는 것이라고
까치는 부리로 쇠를 찍으며 말한다
죽음의 무게와 수직의 힘으로
골치 아픈 것 후르륵 털며
눈도 빼고 힘줄, 혀까지 뽑아
오롯이 공空을 꺼내는 게 쓰는 일임을
도끼가 겨울 강 찍으며 말한다
쿵쿵 얼어붙은 심장을 파내는 일
소 도축장 울음도 꺼내어
발굽과 뿔로 외롭게 뚫고 들어가는 것
죽음을 갈아 눌러쓰는 게 글이라고,
세상 살면서 절실한 게
송곳 아니면 펜이라는 걸
뼈에 먹줄을 퉁기며 듣는다
한 뼘 더 깊숙이 그리움을 파내는 것
그 흔적이 최초의 문자이었음을
먹먹한 갱지를 타자기에 물리며 본다
파닥거리는 자음과 모음을 탈곡하던 역사와
철필로 세상을 겨냥하던 몸짓조차
절규 이상의 비명이었음을,
너의 젖은 편지로 시작하는 밤
글은 그렇게 쓰는 것이라고
어둠이 피 한 사발 내민다

또각또각 네가 왔다

미사를 마치고 나온 소녀와 화단에 앉았다
갸름하다 싶은 얼굴
도도한 입술에 묻은 향기
소녀가 봄이 되어 도서관으로 간 뒤
정처 없이 기다림이 나부꼈다
꽃이 피고 있었음을,
시집을 제자리에 꽂고 나오자
우수수 활자가 떨어져 가을이 왔고
더는 꽃을 보지 못하겠지 했을 때
겨울이 왔다
어쩔 줄 모르게 창틀로 번지는 눈물
성호경 하얗게 소녀가 피고 있다

김평엽 2003년 『애지』 등단. 임화문학상(2007), 교원문학상(2009) 수상. 시집 『미루나무 꼭대기에 조각구름 걸려있네』, 『노을 속에 집을 짓다』, 『박쥐우산을 든 남자』 외. 이메일 kimpy9@hanmail.net

벚꽃 튀밥 외 1편

백 지

뻥튀기 아저씨는 반달눈 마술사
우리는 도둑고양이처럼 벚나무 아래 둘러앉아 배가 볼록한 뻥튀기 기계가 터지기만을 기다려
쉿! 작은 눈은 속임수야 벙글거리는 입속에 주문을 가득 숨기고 있는지도 몰라
우리는 숨을 참고 눈을 크게 떠, 군침은 소리 없이 삼켜야 해
꿀꺽! 들키지 않아 정말 다행이야

마술사가 천천히 풍로를 돌리기 시작했어
하얀 요술 가루를 살짝 집어넣고 따뜻한 바람도 호호 불어넣고 있어
풍로를 따라 우리 눈도 빙글빙글 돌고,
나는 달콤한 냄새에 취해 어지러워 잠이 들어

뻥이야!

하얀 연기가 요술을 부렸나 하늘에서 꽃가루가 흩날리고 있어
우리는 숨을 크게 쉬고 입을 벌려 튀밥처럼 튕겨 나온 꽃잎을 먹어
나는 향기로움에 취해 꽃길을 걸어

누구라도 고백만 하면 다 받아 줄 타이밍인데
눈 감고 서 있어도 얄미운 바람만 살랑살랑 스쳐 가

좋아! 고백은 내년에 받아줄 게

나는 잔뜩 뺑을 넣은 벚나무 어깨에 기대 내 사랑의 개화 시기를 물어 봐
내년 4월쯤 반달눈 아저씨가 풍로를 돌린다는 소식이야
하얀 거짓말, 거짓말 같은 사랑이 벚나무 가지에서 튀밥처럼 부풀고 있다

봄을 통째로 날릴 뻔한 시시한 이야기

엉덩이가 넓은 소쿠리 같은 뒷집 언니
산에 들에 한창인 봄나물 캐러 가자며
호미 들고 빚쟁이처럼 버티고 섰다

몇천 원이면 마트에 널린 게 나물인데
그 시간에 시 한 줄 더 쓰겠다고
손사래 쳤다

— 그깟 시 쓴다고 밥이 나오냐 떡이 나오냐?

막무가내인 뒷집 언니
꽃무늬 장화 야무지게 신고 목소리 높인다
백번 지당한 그 말씀에 기가 죽어
장터에서 산 땡땡이 몸뻬바지 주섬주섬 고쳐 입고
꼬리 내린 똥개처럼 쫄래쫄래 따라나섰다

지천에 봄이 널렸다
길고양이 삼남매 봄볕 굴리다 엉켜있고
초록 씀바귀 심심할까 봐 노랑 민들레 덤으로 피었다

— 시가 뭐 있간디? 이런 게 다 시제~ 오늘 시 많이 캤다 잉?

>

시 한 소쿠리 담아 오는 길
앞서가는 뒷집 언니 엉덩이에 봄바람 살랑거리고
대문 앞 시멘트 틈 사이로 제비꽃 활짝 웃는다

하마터면 방구석에 처박혀 봄을 통째로 날릴 뻔했다

백지 2023년 애지 신인문학상 등단. 애지 문학회 회원, 다락헌 동인.

4부

죄의 문장 외 1편

허 이 서

하늘을 지나는 바람의 결이
큰 붓자락처럼 글자를 쓰고 있어

자음 한 조각 그어 놓고
새털 같은 모음이 붙어지면
죄라는 글자가 보이는 것 같아

나비구름 면사포구름 꼬리구름
새롭게 다시 새롭게
황홀한 설렘으로 이어가지만
내겐 계속 죄로만 보였어

여러 모양으로 쓰여지는
물렁한 상형의 문자들이
왜 내겐 하나로만 읽히는걸까

어젯밤엔 난 성경을 읽지도 않고
시집 한 권을 읽었을 뿐인데

풀어도 풀어도 배고픈 문장 같다

푸른 첼로를 펼치다

나는 먹구름에서 음악을 듣는 사람
음표들이 쏟아지며 물보라 피어난다

나는 수면 위에서 첼로를 펼치는 사람
파란이 들려주는 어느 먼 부족의 노래
물의 발톱 세워 첼로를 붙잡는다

선율이 이렇게 비린 걸 보니
현의 피가 튀어 있었나 보다
한 음 한 음 내력을 전해 듣는다

어쩌면 첼로의 음계들은
멍 자국인지도 모른다
신이라는 지휘자의 무서운 서슬에 눌린 비명

외마디 비탄으로 봉인되었던 묵음이 풀리면
여른 귀 커다랗게 열고 수면 위를 떠도는 새는
누구의 상처를 듣게 될까

먹구름을 첼로로 연주하면
젖은 사람이 한번 더 젖는 것 같아서
나는 물결 위에서 첼로를 품는다

>

30년 전 죽음 음계가

차르르 차르르 펼쳐지고 있다

허이서 충북 옥천 출생. 2022년『애지』로 등단. 이메일 glstnr0630@hanmail.net

봄날 외 1편

이 용 우

발정 난 짐승처럼

헐떡거리며
느물거리는 눈빛으로
천리 밖에서
달려와

집 주위를 빙빙 돌더니

기어코
나를 넘어뜨렸다

울밑 진달래
향그런 절정을 위한,

설핏한 내통이었다

똥물

야심한 시간에
쫓기는 짐승처럼 도움을 청했다
먼 친척이었던 그, 사내
하룻밤 묵고 떠나갔다

이튿날
종경리 지소로 끌려간 아버지는
몇 날을 개 패듯 얻어맞으셨다
아주까릿대 의지하고 기어 돌아와
몸 뉘인 초가집,
달빛 기둥도 휘청대며
한쪽 지붕이 내려앉고 있었다

며칠이 지나도 깨송하지 못하는
지아비를 위해
새댁이었던 어머니는
뒷간에 딸린 구덩이에서
누런 똥물을 그릇에 퍼 담으셨다

'똥물에 튀겨 죽일 놈 때문에…'

탕약을 먼저 맛보신

어머니의 평생 애고땜이었다

이용우 2023년『애지』신인상으로 등단. 시집『너의 서쪽은 나의 동쪽이 된다』. 문학동인회 '시원'에서 활동. 이메일 pt0823@daum.net

다국적 세탁기 외 1편

남 상 진

아밋 위에 랑가이, 액차이 다음에 칭조링

세탁기 돌아간다

세 살배기 딸내미 룸비니에 남겨놓고 고향을 떠나온 지 삼 년째
한 해 한 해 갈수록 그리움은 짙어지고 분유에 기저귀 값 송금하느라
그 흔한 치맥 피자 자주 먹지 못해도
능실능실 입가에 미소를 달고 사는 성격 좋은 반다리,

이쁜 아기 사진에 마냥 부러운 마흔네 살 노총각 정식이

네팔 빤스 몽골 빤스 꼬레아 양말 뒤엉켜
세탁기 돌아간다

한 번에 여러 나라 빨래를 돌리느라 힘에 부친 세탁기에
몽골 대평원이 돌아가고 히말라야가 돌아가고
이글이글 타오르는 파도 소리 그리운 스리랑카 앞바다를
기숙사 옥상 한나절 햇볕에 널어 말리면
만국기 나부끼듯 바람 따라 휘날리는 빨래들

>
후드득

비라도 흩뿌리면
네 것 내 것 가리지 않고 꼬레안 마인드로 비 설거지를 하는
고향과 성격은 제각각 달라도 마음은 하나같이 따뜻한 다국적 직원들,

오늘은
삼겹살에 이슬이 한 잔 부어놓고
회식 한 판 해야 되겠다

팽이의 방식

침묵으로 맹렬한 생이었다
직립하는 것으로
살아 있음을 증명하는 종족

중심이 흩어질수록
기립에 온전히 몰입하기는 힘든 법

살아가는 것은
정점을 향해
발끝으로 서서
반듯하게 자신을 세우는 일

눈에 보이지 않는 힘의 응축이
묵언의 정진으로 깊어진다

무학요양원 99호
오래 돌던 팽이 하나가 요동친다

한평생
가쁜 숨을 속으로 삼키며 돌아가던 팽이가
적막을 덮고 고요해진 저녁

>

이제

그녀

숨죽여

돌지 않아도 되겠다

남상진 경남대학교 산업공학과 졸업. 2014『애지』로 등단. 시집『현관문은 블랙홀이다』외. 이메일 depag@hanmail.net

숙제 외 1편

사 공 경 현

소크라테스가 죽었다
플라톤도 죽었다
숙제를 마친 사람은 죽는다

범인은 평생을 헤매지만
천재에게는 금방 풀린다
따라서 천재는 요절한다

24세에 나도향이 죽었다
27세에 이상이 죽었다
28세에 윤동주가 죽었다
29세에 김유정이 죽었다
29세에 기형도가 죽었다
32세에 김소월이 죽었다
35세에 이효석이 죽었다

천재는 밤하늘에 반짝이고
둔재는 아침이슬에 젖는데

육십령 고개를 넘기도록
여즉 숙제를 풀고 있다
범인이 감히 시를 쓴다

>

썼다가 지우고 다시 쓰고
나이를 지우고
미래를 지우고
하늘을 지운다

땅의 주름을 잡아 광야를 뛰어넘는 도인들처럼
시간의 맥을 잡아 세월을 뛰어넘는 천재들처럼
한 시대를 풍미하지 못하는 둔재는
시시콜콜 일기를 쓰듯 숙제를 지우고 있다

물의 여정

전생의 기억을 지우고
성간물질로 떠 올라 두둥실
어느 별을 점지해 주시려나
차츰 중력이 자라나자 떠밀리듯
드디어 하강이다

설렌 기분, 저 아래 초가지붕이 보인다
부드러운 사이골을 신나게 미끄러져
처마 끝에서 정겨운 고향 냄새를 만난다
소우주의 궁전 내실이 아늑하다

책가방을 메고 뜰을 돌아
마당을 지나 담장 밖 도랑을 만난다
안녕~ 또래들과 포옹하고
몸집을 불리면서 정신없이 내달린다
목적지도 모르는 들뜬 모험의 길
한 칠팔십 리 길게는 백 리쯤 될까

골짜기마다 새로운 만남
향기를 머금은 선배님
외양간 냄새를 풍기는 친구님
시커먼 연탄 가루를 뒤집어쓴 후배

부대끼며 섞여 어울리고 점점 확장된다

실개천을 지나며 눈을 뜨고
시냇가 거치면서 귀를 열어
오염되고 희석되고 엎치락뒤치락
때론 소용돌이치고 막히면 돌아가고
부딪고 깨어지면서 성숙해진다

이윽고 강이다
가파른 긴장이 해소되고 숨돌릴 시간
피곤한 어깨에 날개를 달아도 좋으련
바람에 흔들리지 않는 중심으로
자신과 세상을 포용하며 도도히 흘러
마침내 크나큰 근원 바다에 이른다

아이야 이제 가방을 내려놓으렴
노독이 풀리고 수고로움이 그리워질 즈음
어머니여 이제 다시 별이 되렵니다
제 몸을 가볍게 하여 주시어요
햇빛 찬란한 어느 날 두둥실 떠오른다
야호 이제 다시 시작이다

사공경현 경북 군위 출생. 2022년『애지』신인문학상. 수필집『무임하차』. 시집『마지막 행에는』. 이메일 v4040@hanmail.net

쓰러지고 나뒹굴고 환해지고 외 1편

김 도 우

지난밤에 왕벚꽃 나무가 쓰러졌습니다 겨우 봉오리가 맺힌 복숭아나무는 가지째 부러졌고 여러 각도로 부는 바람이 그늘을 날려보냈습니다 얼떨결에 나무를 끌어안은 벤치, 찢긴 나무 속으로 밤이 들이닥칩니다 기우뚱거리다 속수무책 떨어진 열매는 신음조차 낼 수 없었습니다

길게 내민 마늘쫑 혓바닥은 뽑아야만 다음을 기약할 수 있었습니다 마늘 대궁이 흔들릴 때마다 양기 오른 마늘은 밤을 억세게 휘어 감았고 양파는 타조알처럼 나뒹굴었습니다 밤잠을 설친 기둥이 흔들리면서 지붕은 내려앉았고 숨어있던 뼈들이 수북하게 쏟아졌습니다

어제와 내일이 바뀌었습니다 기울어진 날부터 낮과 밤의 구별은 의미가 없습니다 바람은 밤새도록 나무를 다그쳤고 어둠은 깊은 웅덩이를 팠습니다 그늘 아래서 키를 높이던 꿈은 식었지만 나무는 더 깊은 흙 속으로 다리를 뻗었습니다 나무 속이 환해져서 다행입니다

별들이 사라지기 전에 남겨야 하는 것

타프롬 사원은 햇빛만 쏟아내릴 뿐 대답이 없다

숲을 움켜쥔 반얀트리*가 신들을 불러 모은다

나무들이 엉킨 그늘엔
망령들의 웅웅거리는 노래소리 가득하다

잠들지 못하는 새들과
날개 없는 새들이 퍼드득 날아 오르면
검은 양떼들이 피바람 불었던 성전 위로 몰려온다

나는 계속 말을 걸었다

삐걱이는 계단은 힘줄들이 불끈거린다
멈출 줄 모르는 음모론
숨을 헐떡이는 숲은 불빛을 읽지 못했다

크메르 제국을 둘러싼 고사목은 더 이상 불타지 않고
어둠은 알아듣지 못할 주문을 읊는다

뾰족탑을 휘감는 뿌리들의 눈빛은 어디까지 비추는지

>

주먹을 불끈 쥔 상자는 열리지 않고
밤은 불협화음으로 흔들린다
허공을 타고 오르던 나무들
잎을 매달아 본지 오래다

어디에도 포함되지 않은 연주는 깃발처럼 펄럭이고
물안개는 살갗을 후벼판다

하늘을 짚고 선 나무들이
서로를 놓지 않는 것은
별들이 사라지기 전에 무언가를 남겨야 하기 때문이다

* 뱅골 보리수나무.

김도우 2020년『애지』등단. 이메일 okmyung@hanmail.net

질메다리 외 1편

조 순 희

달력이 우기에 젖으면 세상은 온통 동이비가 내렸어요
장화 신고 문밖을 나서면
마른 땅에서도 아주 오래된 물그림자가 수재민처럼 둥둥 떠다녔죠

해마다 장마 때면 엄니 가슴은 몇 밀리쯤 잠긴 걸까요
제방이 무너지고 논둑이 유실되고 언니의 꿈마저 떠내려 간 날
어디 한두 해였겠어요
그 다리 밑에서 일제강점기가 급류에 휩쓸려 떠내려가고,
굵주림이 까맣게 젖고 논밭이 쓴아지고 외양간도 아부지의 투전판도
새참을 이고 나르던 검정고무신의 콧노래까지도
속수무책으로 침수됐다는데요

그 모든 눈물들 자라 지금은 추억으로나 가 볼 수 있는 곳

새벽달 똬리 틀어 이고 질메다리＊ 건너 길산장에
모시 팔러 가시던,
샛터말과 가릇매와 고살매 엄니들도 한걸음으로 모여들고
오란비에 자주 물너울 치던 길산
땅이 질어 질산이라 했다는데요

마누라 없이는 살아도 장화 없이는 못 산다는 말이
남정네들 사이에서 수시로 범람했다는데요
그래서 과거 숙종 임금은
연중 어느 한날이라도 무지개처럼 환해지라고
질메다리를 홍예교라 이름 지었을까요

그 옛날 너나없이 엄니 치마 속 질메다리에서 주워왔던 아이들 지금
노인정에 모여 소처럼 추억을 되새김질하고 있어요

가을나락처럼 뉘엿뉘엿 익어가고 있어요

* 서천읍 산산 1리 위치.

절강

어부가 안개에 난파된 졸음을 닦는다
분주한 하구의 아침
날개들 풀잎 같은 물살을 가른다

강과 바다를 절단한 둑
끊어진 흐름은 용궁으로 이어진 지름길마저 절단했다

선유도 바닷물이
마을입구까지 다다라 행상을 하며 싸리문 두드리던 때
어장 성시를 이루었다고,
어부가 담배 한 모금 갈매기처럼 허공에 풀어놓으며
입담을 풀기 시작하고

그가 몰고 오는 추억의 수심은 언제나 진흙처럼 질퍽하다

참게며 새우의 퇴로는 어디에 두었을까
눈 감으면 흑백 나룻배의 기척들 아직 생생한데
보폭 높은 어도를 오르기 위해
지느러미 몇 필사의 힘을 꺼내고 있다

앞 강물 바라보던 서로의 눈웃음 속에서
손깍지 낀 추억을 더듬는 부부

이제는 썰물이 된 충청도 사내들도
오래전, 생합 같던 전라도 가시네 하나 뒤적이는 저녁
제 몫의 그리움 다 마감하지 못한 날개들 석양에 물들 즈음

간기 마른 바닷바람이
뭔가에 토라진 강바람을 품에 안고서
새벽까지 그녀 귓가에
미심쩍은 심호흡만 뜨겁게 묻히고 있다

조순희 2018년『애지』로 등단. 시집『꽃 피우는 그 일』,『바람의 이분법』. 한국시인협회, 한국문인협회, 서천시인협회, 충남시인협회, 충남문인협회, 풀꽃시문학회, 세종시마루 회원.

내가 나를 친구하다 외 1편

정 해 영

눈 내리는 새벽
그에게 보낼 엽서를
쓴다

무리지어 피어나는 꽃무릇
목마른 뿌리도 그리고

바람처럼
허공을 몇 바퀴 돌다
내리는
몇 글자 안부

괜찮아요 괜찮아요
오래 전 슬픔도
아름다운 기억이 되었다고

속삭이는 내 말
내 귀가 듣는다

괜찮아요 괜찮아요
꽃의 흔들림
바람 때문이예요

>

내 손이 그려낸 꽃송이
내 눈이 본다

고요한 새벽
오른손이 왼손을 잡듯
내가 나를 친구한다

말을 보낸다

사랑한다
고맙다
미안하다는 말

수없이 해도
아직 다 하지 못한

밑바닥에 남아 있는
몇 마디의 말

너무 늦게 깨달아서
그때를 놓쳐버려
들어 줄 귀가 없는 말

어디 계시는가 지금쯤

꿇어 엎드려
기도로 하는 말
우리 집 강아지는 들어도
꼬리만 흔드는

오래 두어서

허물 허물해 진

말 같지 않은 말을 보낸다

정해영 2009년『애지』로 등단. 시집『왼쪽이 쓸쓸하다』(2014년 문화예술위원회 우수도서 선정). 2021년 제19회 애지문학상 수상. 이메일 haeyoung123@gmail.com

등받이 외 1편

이 미 순

지하철역
물결무늬 원피스를 입은 아주머니가
간이의자에 앉다가 당황한 목소리로 어이쿠! 하신다

등받이 있는 의자인 줄 알고 앉다가
뒤로 넘어가는 줄 알았고
뒤로 넘어가다가
남자의 등에 척 기대져서 그랬단다

등을 내준 남자가 맞으편 스크린 도어를 응시한 채
무심한 듯 한 마디 한다
기대면 등받이니 그냥 계세유

한 여자가 한 남자의 등을 등받이처럼 기대고 있다

더울낀데… 누군가 뒷말을 흐리자
주위에서 웃음소리 들리고

후끈하고 편해서 좋네요라는 아주머니 말에
나도 모르게 맞장구칠 뻔했다
등받이가 너무 좋아보여서

지랄

키 큰 남자가 걸어간다
배꼽 근처에서 휴대폰을 만지작거리다

툭,
바닥에 떨어뜨렸다

지랄하네

자기가 떨어뜨리고 떨어뜨린 자신에게 하는 소리인지
자기가 떨어뜨려고 떨어진 휴대폰에게 하는 소린지

내가 자기를 앞질러 가서 그러는지

야!
이번엔 고함소리가 들린다

앞질러가며 자기 얘기를 핸드폰 메모장에 쓰는 걸 눈치챈 건지
떨어뜨린 지랄을 주워들고 전화 속 상대에게 화풀이하는 건지

몰라,

>

쿵 내려앉는 심장을 추스르고
앞만 보고 걸었다

이미순 2022년 겨울 애지 신인 문학상. 이메일 lmssun9898@hanmail.net

곶감을 꿈꾸다 외 1편

현 순 애

바람 넘나드는 문간방 처마
그늘에 매달려 아픔 말리고 있다

허공에 상처 부벼
껍질 만드는 일이다

흔들어대는 바람도
손 놓아버린 감나무 가지도 야속해
저 아래로 뛰어내리고 싶을 때
“괜찮다, 괜찮다”
제격인 찬바람과
생각의 모서리에서 만난 햇살이 다독였다

배고픈 새도 염탐하는 곶감
벌서 일주일
눈물 빠져 자신을 추스르고 있다

서리 내린 듯 하얀 분 피워 올리며
뭉친 근육 주무르듯
상처 난 속내 주무르고 있다

시래기를 삶으며

겨울 건너온 저 늙은것들

거친 일상 다독여
어린 것 토실하게 키워내더니
밭두렁에 시퍼렇게 버려져
찬바람에 쪼글쪼글 말라가던,
산발치 무밭에서 주워온
풀죽은 무청 한 자루
불만 대어도 화르르 한 줌 재가 될 기세로
빨랫줄에 걸려 얼다 녹다 멍이 든 채
바스라지게 말라 있다

시래기 밥, 시래깃국, 시래기 찜

푸른 이름 달고 한창이던 시절
거친 음식 다스려
자식에게 순한 젖 물리셨던
우리들의 어미 닮은 것들

시래기 삶는 일은
세월 장단에 맞서 스스로를 다시 일으켜 세우는 일

>

염천에 시래기 삶으며
덩달아 나도 푹푹 삶는다

현순애 충북 음성 출생, 2022『애지』로 등단. 시집『붉은 광장이 소란하다』. 계룡문학상 수상(2019). 현재 계룡문인협회, 애지문학회, 향적시 회원으로 활동. 이메일 saesop@daum.net

타조의 지식백과

이 선 희

울타리를 벗어나니 본능이 살아나네요
본래 소속이 야생이라
작은 머리에 검고 큰 눈동자가 있어요
머릿속으로 보는 것보다
눈으로 생각하는 것을 좋아해요

눈이 밝아 안경 없이도 멀리 볼 수 있어요
빠르게 맹수인지 아닌지 구분하고
훔칠 것인가 도망칠 것인가를 판단하지요

날개는 펼 수 있지만 한 번도 날아 본 적은 없어요
자꾸 불어나는 몸집
퇴화된 아늑한 날개 속에 고개를 파묻고는 해요
자신을 숨기는 법도 알아야 하거든요

식성은 아무래도 잡식성이 유리하겠지요
초식과 육식 때로는 모래와 돌까지 삼켜요
삶이 다 초원은 아니라서
때때로 사막 같은 곳이라서

무리 속에서 태어나고
무리 생활을 하지만 혼자 있는 것이 좋습니다

날개가 역할을 못해서 다리로 나섰어요

이 다리 좀 보세요 달릴수록 강해져요
태생의 억척은 타고나지 않았어요
다행일까요?
새 중에서는 달리기 잘하는 가장 큰 새거든요

세링게티 국립공원에서 사진 한 장 보내요
자칼 매 하이에나들이 보이지 않는 곳에서
푸른 초원을 향해 목을 길게 빼고 멋지게 폼 좀 잡아봤어요
아 셀프 사진은 아니예요

이선희 충남 공주출생. 2007년 『시와경계』로 등단. 시집 『우린 서로 난간이다』(2014년 세종도서 문학나눔 선정), 『소금의 밑바닥』(2020년 아르코 문학나눔 선정), 『환생하는 꿈』. 제4회 삶의문학상 수상.

선 긋기 외 1편

박 영 화

선을 그을수록 세상은 더 선명해집니다
땅 따먹는 재미에 해 지는 줄도 몰랐습니다

사람 사이에도 선 긋기가 한창입니다
말이 잘 통하는 사람
나와 어울릴 만한 사람
입맛에 맞는 사람
틀에 맞는 사람만 안에 담습니다

동그라미는 설 줄 모르고 굴러만 갑니다
세모는 자꾸 뾰족한 가시만 내세웁니다
네모는 제자리서 움직일 줄 모릅니다
선 긋는 일이 점점 시들해졌습니다

선을 긋는다는 건
깨진 항아리
쏟아버린 물
날아가 버린 파랑새

여기까지라고 선은 긋지 말기를
마음 밖에 세워두지 말기를
희망을 깨트리지 말기를

오늘 거위 배를 갈랐습니다

입속의 말

입 속에 갇혀
가시가 박혀있다
밖으로 나오지 못하고 부유하던 말

'얼른 삼켜 버려
네 얼굴에도 예쁜 꽃이 필거야'

가시의 말은
목구멍을 넘나들었고
그는 쉽게 죽지 않았다

거울 속
모란 한 송이
붉은 피,
웃는다

나의 페르소나
나비의 날갯짓에
가시 달린 말은 입 속에서 난다

박영화 2022년『애지』로 등단. 제5회 흙빛문학상 수상. 이메일 bluestar1day@naver.com

부글부글 아지랑이 외 1편

조 성 례

이글이글 타오르는 저것은 무엇입니까?
한낮의 지표가 유령처럼 흐물거리는 저것은

열기는 열의 기운입니까? 아닙니다
열기는 열 개의 깃발입니까? 글쎄요
그렇다면 당신이 세운 지표의 굴뚝입니까? 그렇다고 칩시다

굴뚝은 휘어집니다 열기 앞에서
모든 사물은 엿가락처럼 늘어지고 유연해집니다
당신의 사고도 말랑말랑해집니다

행인 한 명이 지나가고 전봇대가 기우뚱거립니다
열병식을 하던 개미들은 발바닥이 타들어 갑니다
뛰어가고 분열하고 다시 발맞추어 걷습니다

비닐하우스의 수박이 제 몸에 줄을 긋습니다
한 줄 두 줄 세 줄 열기가 지나간 자리가 선명해집니다
뜨겁습니까? 여름입니까? 비는 언제 옵니까?
천만 개의 굴뚝이 지표를 뚫고 열기를 내뿜습니다

오늘은 지극히 쾌청합니다

당신도 나도 내일도 오늘도 개미도 수박도 전봇대도
모두 부글부글 주먹을 불끈 쥡니다

단물을 리필하다

오랜만에 마당 앞 화단을 밟고 서자
파장한 지 오래인 메마른 내 몸에 다시 물길 열리는 소리 들린다
꽃과 벌들의 본적지는 화단만이 아니다

내 생의 은밀한 꼭지에서도 한 때 꽃피고 열매 맺던 개화의 바람이 불었었다
비바람을 녹여 푸른 계절을 살찌우던 저 눈부신 초록의 종아리처럼
나도 한때 가슴과 사타구니마다 온통 단물 출렁이던 때 있었다.
그러나 어느 날부터인가 나를 빠져나간 작은 씨앗들이 싹을 틔우자
누대에 걸쳐 개화할 듯했던 내 몸은 캄캄하게 날이 저물고
달력 속, 비밀의 수로를 따라
은밀히 차고 기울던 분홍 물길도 가뭄 들고 끊긴지 오래

이제는 늙은 갈대처럼 나를 대신해 피어오른 꽃들을 향해
한 새벽 내내 하얗게 기도하는 법을 배운다
이제 내가 꽃피울 것은 신 새벽까지 이슬방울 흘리며 기도하는 것 뿐
다행이 깡마른 생으로도 아직 휘청, 휘청, 간절히 피워낼

것이
  있음은 이 얼마나 아름다운가.

  다시 말하지만, 꽃과 벌들의 본적지는 화단만이 아니다
  내 생의 꼭지에서도 한 때 꽃피고 열매 맺던 개화의 바람이 불었었다
  비바람을 안고 푸른 계절을 살찌우던 저 눈부신 초록의 종아리처럼
  나도 한때 가슴과 사타구니마다 온통 단물 출렁이던 때가 있었다

조성례 2015 계간『애지』가을호 신인상. 저서『가을을 수선하다』,『까치발을 세우는 것들에 말한다』. 2022년 17회 충북 여성 문학상. 이메일 rkdirhrfl@hanmail.net

입산 외 1편

권 혁 재

독사가 개구리를
잡아먹다 늦은 길

비늘이 흔적을 지우고 흩날린다

늦가을 햇볕을 쬐며
구멍마다 혀를 넣고

사람 냄새 빠져나간
옷들을 거풍하는,

산마루 중턱에서 바람이 배웅하며

한 번 더 등짝을 치니
빈 바랑이 출렁인다

철암역

광부의 발자국이
햇볕에 밟힌다
끊어진 햇볕이 역두에 서성이는

차편을
놓친 발길에
탄가루로 얹힌다

객차가 안부 대신
기적을 울려대면
조금씩 흔들리는 까치발 건물*들이

탄부의
기침을 덮고
잠자리에 눕는다

광부의 업만큼
높이 쌓인 저탄더미
선탄을 막 끝내고 탄차에 또 실어도

한없이
버티고 서서

진폐로 늙어가는 집

* 철암역 앞에 있는 석탄산업이 한창일 때 지어진 상가건물로 지금은 철암탄광역사촌 건물로 보존하고 있다.

권혁재 2004년 《서울신문》 신춘문예 등단. 시집 『안경을 흘리다』, 『누군가의 그늘이 된다는 것은』 등. 제23회 애지문학상 수상. 이메일 doctor-khj@hanmail.net

지혜사랑 시인선 『멸치, 고래를 꿈꾸다』(박용숙 외)는 애지문학회 회원들의 열여덟 번째 사화집 — 『나비, 봄을 짜다』, 『날개가 필요하다』, 『아, 공중사리탑』, 『버거 씨의 금연 캠페인』, 『떠도는 구두』, 『능소화에 부치다』, 『엇박자의 키스』, 『고고학적인 악수』, 『혁명은 민주주의를 목표로 하는가』, 『유리족의 하루』, 『버려진다는 것』, 『어떤 비행飛行』, 『도레미파, 파, 파』, 『굴뚝꽃』, 『문어文魚』, 『마당에 호랑이가 산다』, 『북극 항로』에 이어서 — 이 된다. 김형식, 이원형, 정동재, 김선옥, 손경선, 임덕기, 김늘, 이희은, 백홍수, 김길중, 최윤경, 김명이, 김행석, 박설하, 박성진, 김소형, 최병근, 조숙진, 이국형, 유계자, 김재언, 박용숙, 김은정, 김혁분, 이병연, 박정란, 김은, 탁경자, 최명률, 현상연, 강익수, 백승자, 김평엽, 백지, 허이서, 이용우, 남상진, 사공경현, 김도우, 조순희, 정해영, 이미순, 현순애, 이선희, 박영화, 조성례, 권혁재 등, 47명의 시인들은 서정시를 쓰는 시인도 있고, 자유시를 쓰는 시인도 있다. 정신분석학적인 측면에서 시를 쓰는 시인도 있고, 자연과학적인 측면에서 시를 쓰는 시인도 있다. 낙천적인 시인도 있고, 회의적인 시인도 있다. 저마다 제각각 사상과 취향이 다르지만, 그러나 모두가 다같이 우리 인간들의 행복한 사회를 꿈꾸며, '시인 만세'인 시세계를 열어나간다.

이메일 ejisarang@hanmail.net

애지문학회 사화집
멸치, 고래를 꿈꾸다

발 행 2024년 3월 31일
지 은 이 박용숙 외
펴 낸 이 반송림
편집디자인 반송림
펴 낸 곳 도서출판 지혜, 계간시전문지 애지
기획위원 반경환 이형권
주 소 34624 대전광역시 동구 태전로 57, 2층 도서출판 지혜
전 화 042-625-1140
팩 스 042-627-1140
전자우편 eji@ji-hye.com
ejisarang@hanmail.net
애지카페 cafe.daum.net/ejiliterature

ISBN 979-11-5728-537-2 03810
값 10,000원

* 이 사업은 대전광역시, (재)대전문화재단에서 사업비 일부를 지원 받았습니다.